W0273140

www.jollibre.com

2019, Santillana Infantil y Juvenil, S. L. i Grup Promotor, S. L.
Carrer de les Ciències, 73 (Districte econòmic Plaça d'Europa)
08908 L'Hospitalet de Llobregat
Telèfon: 93 230 36 00

ISBN: 978-84-16661-46-6
Dipòsit legal: M-1254-2017
Printed in Spain – Imprès a Espanya

Segona edició: juny de 2019

Directora de la col·lecció:
Maite Malagón
Editora executiva:
Yolanda Caja
Direcció d'Art:
José Crespo i Rosa Marín
Projecte gràfic:
Marisol del Burgo, Rubén Chumillas, Julia Ortega i Álvaro Recuenco

Aventures d'anar i tornar

Anna Vila i Badia

Il·lustracions d'Anna Llimós

jollibre

1

La notícia

Fa uns quants dies que em va venir a veure l'avi Miquel. Estava molt neguitós. Per la manera com va trucar al timbre, vaig deduir que n'hi passava alguna de grossa.

–Avi, on vas tan de matí? Els nens encara dormen!

–Millor. Haig de parlar amb tu. –I, de cop i volta, va deixar anar sense embuts:– El teu pare ha perdut el seny.

–És a l'hospital? No me n'ha dit pas res la mare.

–No! No! És d'un altre seny que parlo.

–Avi, passa i anem a seure a la terrassa. Ja has esmorzat? Calma't, home!, i m'ho expliques mentre prenem una xocolata.

L'avi Miquel sempre ha estat un home molt sentimental, i amb poca cosa que passi en té prou per posar-se nerviós. Aquest cop el pare no m'havia trucat, com acostuma a fer altres vegades quan veu que l'avi ve a fer-me una de les seves visites inesperades. Ben segur que no és res d'importància, cavil·lacions seves o fantasies, que d'això sí que sempre en va sobrat.

Els nens encara dormien, i la Berta, la meva dona, tenia guàrdia a l'hospital. Per tant, disposàvem d'una bona estona per parlar tranquil·lament.

Mentre deixava les dues tasses de xocolata i els melindros damunt la taula, li vaig dir:

–Va, explica'm això del pare. Amb la panxa plena no ho veuràs tan greu.

–El teu pare es jubila.

–Sí, m'ho va dir la setmana passada. De fet, ja li tocava. Tants anys treballant, bé s'ha guanyat una bona jubilació, no et sembla?

–I tu..., per què no vols continuar el negoci?

–Ah no, avi! D'això ja n'hem parlat prou vegades. Si arribo a saber que em vens un altre cop amb aquesta història, no et convido a xocolata.

–No! No! No vinc pas per això. Però el problema no seria tan greu si tu haguessis continuat el negoci.

–No hi tornis o m'emporto la xocolata! Ja saps que fer barrets no m'agrada. A més... Qui compra barrets, eh? Qui? No et passes les tardes assegut al banc de la botiga? Quantes persones entren? I... quants barrets compren, eh?

–Home..., per Carnestoltes sí que hi ha moviment.

–De Carnestoltes només n'hi ha un a l'any. Però..., per què dius que el pare ha perdut el seny?

–Traspassa la botiga.

–Ben fet, és una manera de treure'n uns quants calerons.

–Sí, però jo he vist els nous propietaris. Són uns «moderns», d'aquests que van sempre amb el telèfon enganxat al cinturó.

–Continuen amb la barreteria?

–Això diuen..., però pensen capgirar-ho tot.

–Fan bé. Potser hi donaran una nova imatge.

Si l'avi havia vingut a veure'm i tardava tant a dir-me el veritable problema, és que devia ser molt greu per a ell. Ja estava clar que el fet que el pare es jubilés no era el que el tenia capficat. Ni tampoc que jo no continués amb el negoci: després de molts esmorzars de xocolata desfeta a la terrassa, l'havia convençut i ja ho tenia del tot superat.

Així que, després de veure com escurava la segona tassa de xocolata i tement que li agafés un mal de ventre si tardava molta estona a dir-me el motiu que l'havia portat aquell matí a casa, li vaig preguntar:

–Avi, per què has vingut? Què pensen fer els nous propietaris que et té tan capficat?

–El mirall! Trauran el mirall!

–No! Això no ho poden fer!

–Veus? També ho he dit jo. Però els senyorets diuen que no lligarà amb la nova imatge. No el podries portar aquí, a casa teva?

–El mirall? Avi, has vist el pis que tinc? A més… si a la Berta li porto el mirall a casa, segur que sortim mirall i jo per la finestra.

–Ja té caràcter ja, la teva Berta. L'hi podries explicar… Qui sap si aleshores el voldria. I…, als bessons segur que els faria molta gràcia.

–La Berta no té fantasia. Com vols que l'hi expliqui? Em prendria per boig i demanaria el divorci. I…, què vols que et digui…, abans la Berta que el mirall amb tota la seva màgia.

–Si el teu pare hagués entrat una sola vegada dins el mirall…, ara tot seria diferent. Ja t'ho dic jo que ha perdut el seny.

–Avi, no et preocupis, que trobarem una solució.

–I…, si el fan miques?

–Això no ho poden fer!

–Aquests «moderns» són capaços de tot.

–No el podran fer miques si nosaltres som a dins. O potser sí?

–Nosaltres?

–Sí! Per què no? Podem jugar una altra vegada.

–És una idea fantàstica! Pots portar els bessons.

–Són massa petits, i si la Berta sap que els bessons han vingut amb nosaltres, a sobre de demanar-me el divorci, no em deixaria veure els nens en tota la meva vida.

–Ells no diran res. No dius que encara no parlen?

–No parlen, però ho entenen tot. I el dia que comencessin a parlar, seria el primer que explicarien a la seva mare.

Amb tanta xerrameca, els bessons es van despertar i van començar a cridar.

–Pa, pa, pa, ta..., ta.

–Ma, ma, ma.

–Gue, tat! Gu, gu.

–No deies que no parlaven?

–Bé, alguna cosa sí que la diuen –vaig fer jo.

Després de fer un petó als nens, l'avi va marxar cap a casa seva. Abans, però, volia anar a veure el pare.

–Ho arreglaré tot –va dir– perquè ens hi deixin ser el dilluns a la tarda mentre facin el trasllat. Sigues puntual, no vull entrar-hi sol.

–Avi, no et preocupis. A les cinc en punt seré davant de la porta de la botiga.

–Quin barret portaràs?

–Ja que serà l'última vegada que juguem, et deixo triar a tu.

–Gràcies, Marc, jo triaré per tots dos. T'asseguro que no te'n penediràs.

A la Berta li diria que el dilluns a la tarda havia de portar l'avi al metge. De fet, no seria del tot una mentida. Perquè si aquell dilluns no entràvem dins el mirall, aleshores sí que l'avi Miquel es podia posar malalt.

2

Una mica d'història

Els barrets i el mirall han estat les millors medicines de l'avi Miquel. A ell l'han tret del seu ensopiment més d'una vegada, i a mi m'han servit per viure les millors aventures de la meva infància.

El meu besavi ja tenia una barreteria. L'avi Miquel va continuar el negoci, i també el pare. Però a mi no m'agradava passar-me les hores tancat a la rebotiga, cosint i prenent mides, i continuar així les passes dels meus avantpassats.

L'avi Miquel estava molt orgullós de la seva barreteria. Sempre explicava que el seu pare havia fet els barrets del rei Alfons XIII i d'altres personatges de la cort.

A l'aparador hi tenia exposades tot de fotografies de personatges importants que es feien els barrets a mida a la seva botiga.

–He tingut a les mans els millors caps de Catalunya i de fora –deia.

A l'avi sempre li havia agradat exagerar una mica. Explicava que, quan posava la cinta mètrica al cap de qualsevol persona, li podia llegir el pensament.

Jo, quan sabia que hi anava un personatge important a fer-se un barret a mida, m'arribava a la botiga sortint de l'escola i li preguntava:

–Avi, què diu la cinta mètrica d'aquest senyor?

–Secret professional –era sempre la seva resposta.

Al cap d'uns dies, m'explicava els pensaments més secrets d'aquell client. Sempre, però, sense dir-me'n el nom. Jo feia els meus càlculs i així sempre acabava sabent de qui es tractava.

Una vegada hi va anar un senyor molt ben plantat a fer-se fer un barret. L'avi, com sempre, li va prendre la mida i la va apuntar a la llibreta. De sobte, es va quedar molt parat i va comentar:

–Vostè no és d'aquí, oi?

El senyor no va contestar.

Aquella mateixa tarda, quan vaig passar per la botiga, l'avi em va dir:

–Estic fent un barret que no m'agrada gens.

–El barret?

–No, el senyor que l'ha de portar.

–Què has vist quan prenies la mida?

–No ho sé, jo diria que és un malfactor. I pel que sembla ve de lluny.

El pare, que estava enfeinat fent els últims retocs a la cinta del barret, va dir:

–Altra vegada amb la mateixa cançó? No tingueu tanta imaginació i deixeu-me treballar tranquil.

L'avi havia vist alguna cosa estranya, però no ho volia dir per por d'equivocar-se.

–Mira, fill, si em vols creure a mi, no posis l'etiqueta a aquest barret. Ens pot comprometre. Quan vinguin a buscar-lo, l'hi dones i llestos. No hi posis res que pugui demostrar que l'hem fet nosaltres.

El pare va fer els últims retocs a aquell barret i, tal com va dir l'avi, no hi va posar l'etiqueta.

Dies més tard, a la primera plana dels diaris,

sortia la notícia que havien detingut un *capo* de la màfia siciliana prop de la frontera amb França. Hi havia un retrat: era el mateix senyor que dies abans havia vingut a la botiga per fer-se el barret. A la fotografia hi vam reconèixer el barret que li havia fet el pare.

L'avi, en llegir la notícia, ens va dir:

–Aquest! Aquest era el meu pressentiment. –I, dirigint-se al pare, va continuar:– Hi vas cosir l'etiqueta?

–No!

–Així, estem salvats!

–Salvats? De què? Només era un barret!

–No se sap mai! No se sap mai! Val més no tenir-hi tractes, amb aquesta gent.

Des d'aquell dia l'avi va deixar aquella cinta mètrica dins una capsa, i estic segur que no l'ha feta servir mai més.

El mirall era diferent de la cinta. Mai no et comprometia, era un joc i prou. Només que era un joc màgic.

Calia posar-se davant seu amb un barret i picar l'ullet. Res de paraules màgiques ni pólvores especials.

L'avi m'ho va ensenyar una tarda de dissabte mentre estàvem sols a la botiga. Hi havíem anat perquè ell havia de fer els últims retocs a una feina que li havia quedat pendent.

Jo devia tenir uns set o vuit anys, no ho recordo gaire bé. Dins unes capses que hi havia damunt del taulell de la botiga, l'avi hi tenia guardats uns barrets fets per encàrrec d'uns senyors que havien d'anar a l'Àfrica a fer un safari.

–Me'ls deixes veure? –li vaig dir molt encuriosit.

–Sí, i tant! Ens els podem emprovar.

La veritat és que a mi m'anaven una mica grans, però per al cas van servir igualment.

–Marc, ja saps picar l'ullet? –em va preguntar l'avi, tot seriós.

–Sí! Mira! –I li vaig ensenyar com ho feia.

–Molt bé! Molt bé! Ara t'ensenyaré el meu secret. Vols anar a caçar lleons? Pujar dalt d'un elefant i veure unes panteres prenent la fresca dalt d'un arbre?

–Sí, sí! Quan hi anirem?

–Ara. Si no tens res a fer, podem anar-hi ara mateix.

Jo no entenia res. Però sempre m'havia refiat a ulls clucs de l'avi Miquel.

L'avi va anar fins a la porta, va passar la balda i va penjar un rètol que deia: «Torno ara mateix.» Llavors, em va donar la mà i ens vam posar tots dos davant del mirall amb els barrets al cap, palplantats com dos estaquirots.

–Ara picarem l'ullet. Quan digui tres, pica l'ullet, eh, Marc?

–Sí, sí! –vaig dir jo molt entusiasmat.

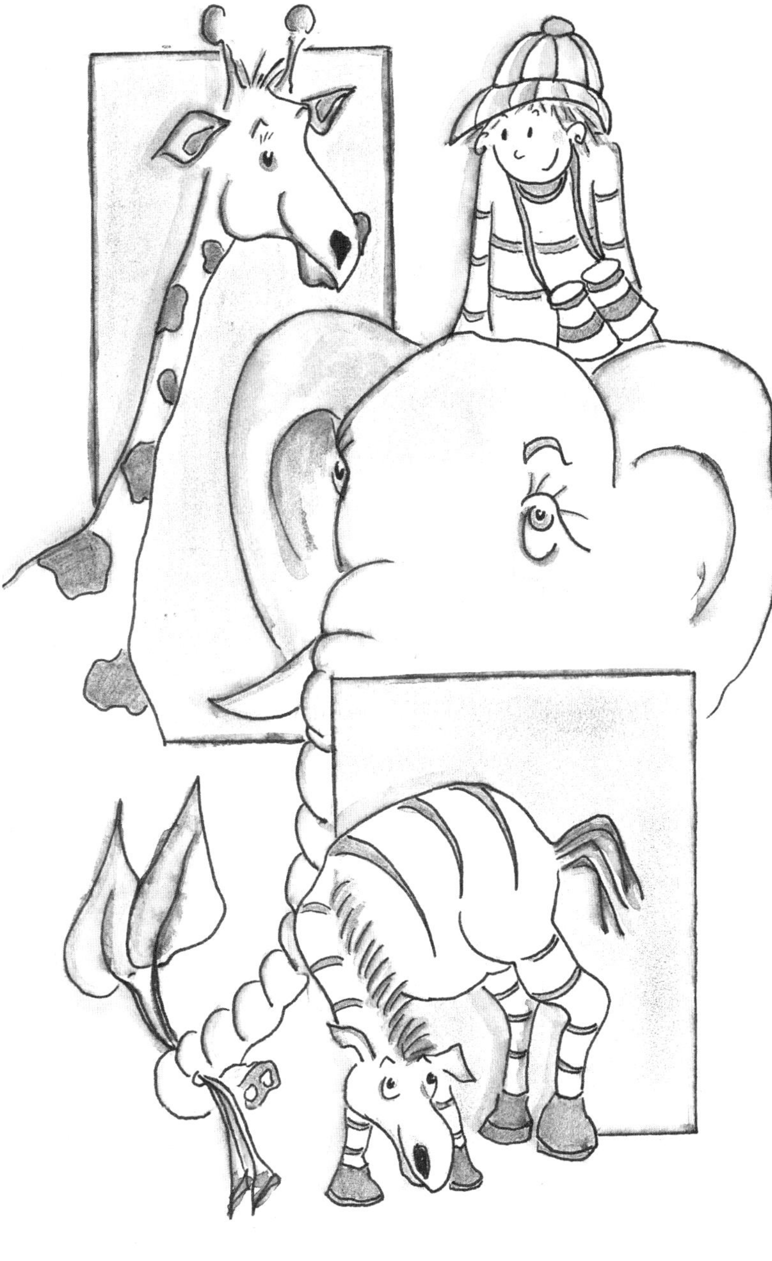

El meu primer viatge a l'Àfrica, el vaig fer des de la botiga de barrets de l'avi. Va ser una experiència fantàstica. Efectivament vaig veure lleons, vaig pujar dalt d'un elefant i també vaig veure girafes que corrien com unes dansarines d'una banda a l'altra.

–Marc, per avui ja n'hi ha prou. Comença a

ser hora de tornar –va dir l'avi.

–No ens podríem quedar una mica més?

L'avi em va explicar que hi havia maneres diferents de poder tornar a la realitat. O a la botiga, per dir-ho més clar. Una era trobar un altre mirall i, mentre t'hi reflecties, fer una salutació amb el barret. Però a l'Àfrica es feia una mica difícil trobar-ne un. Per al cas, també servia emmirallar-se dins de les aigües d'un riu, un llac, el bassal d'un oasi, una piscina o qualsevol cosa que reproduís la nostra imatge.

Però no trobàvem aigua per enlloc, i jo ja començava a neguitejar-me.

–No et preocupis, Marc –va dir l'avi mentre es treia un mirall petit de dins de la butxaca dels pantalons–, sempre en porto un quan vaig de viatge.

Tots dos vam mirar-nos al mirall, i, mentre saludàvem, de nou ens vam trobar palplantats al mig de la botiga.

–Marc, no has de tenir mai por. Qualsevol situació de perill et portarà de nou a la realitat.

Les seves paraules em tranquil·litzaven, perquè, si aquell dia l'avi no hagués portat el mirall dins la butxaca, ho hauríem tingut ben magre. De fet, jo preferia tornar a la realitat emmirallant-me, que no pas necessitar el perill d'un lleó afamat al meu davant.

Però, a aquest pensament d'incertesa, aviat s'hi van afegir idees de noves perspectives, i li vaig preguntar:

–Puc entrar-hi sol?

–Sí.

–I amb algun amic?

–Pots entrar-hi quan vulguis, però millor que triïs un moment que no hi hagi gent a la botiga.

–Avi, té algun secret més aquest mirall?

–Home, és una capsa de sorpreses, però no et preocupis abans d'hora. Tu mateix aniràs descobrint les dimensions de la seva màgia, si de veritat creus que és un mirall màgic.

–I tant que ho crec, avi! Amb els elefants que acabo de veure, com vols que no em cregui que és un mirall màgic?

El meu pare deia que l'avi el volia fer combregar amb rodes de molí, amb tota la història del mirall. I mai no n'havia cregut ni mitja paraula. És per aquest motiu que no el preocupava que els nous propietaris donessin una nova imatge a la botiga.

Jo, tal com vaig acordar amb l'avi, no en vaig dir mai res al pare, de les meves aventures amb el mirall. Si ho hagués fet, segur que se m'hauria acabat ben de pressa això d'anar cada tarda a la rebotiga a fer els deures.

Els primers temps, l'avi sempre hi era present. S'asseia en un banc que hi havia al costat del mirall i feia un gest d'assentiment amb el cap. De seguida, jo em posava un barret, picava l'ullet i ja era dins de l'aventura.

Alguna vegada que no havia calculat el temps prou bé, l'avi em venia a buscar.

–Marc, no ho allarguis tant, que em fas passar ànsia. Que no has mirat el rellotge?

–Me l'he deixat, avi.

Cada minut de rellotge equivalia a una hora d'aventura dins del mirall. Era fàcil de calcular, però si el personatge de l'aventura que havies triat era molt atractiu, el temps passava volant.

La màgia del mirall no solament consistia a transportar-te dins l'aventura, sinó que s'estenia a altres aspectes.

Per exemple: si l'aventura que volíem fer passava en un altre país, els problemes d'idioma quedaven esvaïts per art d'encantament. Si passava en un temps molt llunyà, que nosaltres només coneixíem pels llibres d'història, tots els entrebancs que podíem tenir amb el vestuari o altres objectes complementaris desapareixien en un obrir i tancar d'ulls. I una de les coses que més m'agradava era que, a la tornada de l'aventura, podia emportar-me cap a la realitat un petit record d'allà on havia anat.

Així, amb els anys, vaig dominar a la perfecció la màgia del mirall. Gràcies a ell vaig poder ficar-me dins la pell dels personatges de ficció que més havia admirat.

3

Una tarda amb Oliver Twist

Una tarda de diumenge, els pares ens van portar a mi i a la meva germana petita, la Laura, al cinema.

Feien *Oliver Twist*, una pel·lícula musical que explica la història d'un nen que, després del seu naixement, va ser abandonat per la seva mare en un hospici. Un dia, quan ja té uns tretze anys, el fan fora perquè s'atreveix a demanar més menjar. A partir d'aquest moment viu moltes aventures. El pobre noi passa moltes peripècies i pel camí troba uns amics ben singulars.

La mare, quan vam arribar a casa, em va dir:

–Què, Marc? T'ha agradat aquesta pel·lícula?

–Sí, molt, però hi ha hagut moments que m'ha fet plorar una mica.

–Prou que ho he vist. Jo soc gran i encara em fa saltar alguna llàgrima. Tot i que sé que no és res més que un conte, sempre m'emociona.

La mare em va deixar la novel·la *Oliver Twist* de Charles Dickens, i les tardes següents me les vaig passar a la rebotiga devorant les pàgines una darrere l'altra amb un desfici que semblava estrany en mi, que mai no m'havia entusiasmat gaire llegir.

Quan hi havia una frase d'un conte que m'agradava, o una manera d'expressar-se d'un dels seus personatges, ho feia servir per parlar amb els amics o amb la gent gran.

Hi havia unes paraules de l'Oliver Twist que m'entendrien. Per més magres que les hi fessin passar, ell sempre deia: «Sí, senyor», «Com vulgui, senyor», «Oliver Twist, senyor».

Així que, durant els dies següents de llegir el llibre, vaig incorporar aquesta expressió en el meu vocabulari, i la vaig fer servir quan em semblava més escaient.

Quan la mestra em va preguntar:

–Marc, que em pots dir la lliçó de socials?

Jo li vaig contestar.

–Sí, senyora. Ara mateix, senyora. Per on vol que comenci, senyora?

La mestra, que no entenia res de tot allò, es va posar una mica nerviosa. Però com que els mestres estan acostumats a moltes entremaliadures, va fer veure que no ho havia sentit i, tota seriosa, em va dir:

–Pels rius de Catalunya.

–Els afluents també, senyora?

–Dos afluents de cadascun.

–Començo pels de dalt al nord? O pels del sud, senyora?

–Senyor Marc, comenci per allà on vulgui, però comenci!

Amb aquest «senyor» d'ella, jo ja vaig saber que havia de dir els rius tot seguit o em faria sortir de la classe. Així que vaig començar.

–Senyora, els rius de Catalunya, començant pel nord, són...

Un dia que hi havia molta gent a la botiga, i el pare anava molt atrafegat, un dels clients em va preguntar:

–Aquest barret, quin preu té?

–25 euros, senyor.

–25 euros?

–Sí, senyor!

–És una mica car.

–No, senyor! És que està molt ben fet, senyor!

El pare va venir cap a mi molt enfurismat. D'una revolada em va agafar per l'orella i em va deixar altra vegada a la rebotiga. Després, quan ja va haver marxat el client, va treure el cap entremig de les cortines i em va dir:

–D'on ho has tret, tant «senyor, senyor, senyor»? Ja m'agrada que siguis un noi educat, però no et sembla que en fas un gra massa?

–De l'Oliver Twist, senyor!

–No em tornis a dir «senyor» o t'agafo altra vegada de l'orella i et porto fins a casa.

–Pare, a l'Oliver Twist també l'agafaven per l'orella. Per què no juguem una estona?

–Tinc altra feina, jo! Mira quants barrets que m'esperen, només em faltaria començar a jugar.

El pare va venir a la rebotiga i es va posar a cosir una gorra de quadres que semblava una boina d'escocès. Però, amb la tibada d'orella que m'acabava de fer, em va donar una idea fantàstica.

Faltava poca estona perquè tanquessin la botiga, i era poc probable que vinguessin més clients. Vaig començar a mirar les prestatgeries i no em va costar gaire trobar una gorra que s'assemblés a la de l'Oliver Twist.

Aquella tarda l'avi no era a la botiga. Havia anat a cal callista, i sempre que anava a arreglar-se els peus ja no tornava. No em quedava altra alternativa que entrar sol dins del mirall sense la mirada atenta de l'avi, que més d'una vegada m'havia tret d'algun embolic.

Jo tenia nou anys acabats de fer i em va semblar que ja era hora de començar a prescindir una mica de l'esguard protector de l'avi.

Així doncs, em vaig plantar davant del mirall i em vaig posar la gorra una mica entregirada damunt del cap. El pare, des de la rebotiga, va cridar:

–Marc! Què fas?

–Vaig a donar una volta, ja vinc!

–No tardis, que aviat tancarem.

–Torno ara mateix!

Llavors vaig picar l'ullet mentre deia tot mirant-me al mirall:

–Som-hi, senyor!

De cop i volta em vaig trobar caminant darrere un carro per un camí fangós. Anava vestit amb uns calçons mig estripats i unes sabates foradades. A un costat del camí vaig llegir un rètol que deia «Londres».

D'una banda estava una mica esporuguit i tenia ganes de tornar a la botiga, però de l'altra era la meva primera aventura sense l'avi esperant que hi tornés. I em coneixia les aventures de l'Oliver Twist de cor. Sabia que no tardaria a trobar el Murri, i així va passar.

Vaig arribar a un poble petit. Les finestres de les cases encara eren tancades, el sol estava molt baix... Vaig deduir que encara era molt de matí.

Assegut en un pedrís del portal d'una casa, vaig esperar que els vilatans anessin obrint els porticons. Uns espolsaven les catifes, d'altres tiraven galledes d'aigua pel portal, algun escopia per la finestra i tot seguit es posava a cantar.

A l'altre costat del carrer vaig veure el Murri. Vestia una casaca blava, amb dos botons molt grossos al darrere. Portava les mànigues arromangades per poder-se posar les mans a la butxaca. Però poc després em va confessar que era per poder fer millor la seva feina. Al cap hi duia un barret de copa una mica estripat, que li quedava d'allò més bé.

Estava a punt de cridar-lo, però ell es va avançar i em va dir:

–Hola, xaval! Com va?

–Fa set dies que camino. Tinc gana i vaig camí de Londres.

Com podia dir jo una cosa així, si feia només un minut que encara era a la botiga del pare? Però jo coneixia molt bé les aventures de l'Oliver Twist, i les respostes que ell donava les sabia de memòria.

–No corris tant, xaval! Així que..., vas a Londres...

–Sí.

–Tens on allotjar-te?

–Què?

–Si tens lloc per dormir?

–No.

–Diners?

No hi havia pensat! Em vaig mirar les butxaques, però només hi tenia uns quants cèntims que l'avi m'havia donat el diumenge passat per anar a comprar llaminadures.

–No, no! No porto diners.

–On vas pel món sense diners, xaval?

Es va treure uns quants xílings de la butxaca i va comprar un tros de pa i formatge. Mentre me'l donava, va dir:

–Conec un senyor a Londres... Un senyor molt honorable, que et deixarà dormir de franc si et presenta algú de la seva confiança. I jo soc deixeble seu, saps? El seu deixeble predilecte.

–És mestre?

–Sí. Més o menys. Ah! Qui ets tu? Com et dius?

–Marc. Ai, no! Oliver, Oliver Twist, senyor –vaig fer jo mentre em treia la gorra i feia una reverència al meu nou amic.

–Jo em dic Jack Dawkins. Soc un dandi, saps? Però per als amics, i tu ara també ets amic meu, soc el Murri.

Amb el Murri vam pujar al darrere d'un carro que portava verdura i fruita per vendre-la al mercat de Londres. Mai no havia menjat uns préssecs tan bons com els que portava dins dels cistells aquell pagès.

Cap al vespre vam arribar a casa del vell Fagin. Vestia un guardapols de color ocre, més greixós que la pell d'un garrí. A les mans hi portava unes mitenes negres, que s'anava estirant de tant en tant. Semblaven les mitenes que es posava la meva àvia a l'hivern per fer mitja.

Després d'oferir-me unes salsitxes que estava fregint, em va preguntar:

–Com et dius, xicot?

–Oliver, senyor. Oliver Twist, per servir-lo, senyor.

Els altres nens que hi havia dins la casa es van posar a riure.

–A callar! –els va dir ell–. L'Oliver ve de molt lluny i s'ha educat a les millors escoles.

–En una de pública, senyor.

–Què?

Sense adonar-me'n, havia fet una altra pífia, però vaig rectificar tot seguit.

–En un hospici, senyor.

–Ah! –va fer ell, ja més convençut–. Vols aprendre un ofici, Oliver?

–Sí, senyor. Amb molt de gust, senyor!

–Ara ves-te'n a dormir i demà aniràs a treballar amb el Murri i els altres. Segur que seràs un bon treballador i faràs molts diners. Apa, a dormir!

Aquella habitació tan gran s'assemblava una mica a la casa de colònies on havia anat l'estiu anterior. Una mica més ronyosa i tot molt més tronat, però jo sabia que no havia de preocupar-me perquè, al cap i a la fi, estava dins del mirall i en podia sortir quan volgués. Quan volgués? No! M'havia descuidat el mirall de butxaca, i en aquella casa tan vella no n'hi havia cap per enlloc. Vaig agafar la gorra ben fort, vaig tancar els ulls..., i la veritat és que em devia adormir, perquè de cop i volta vaig sentir un rebombori de mil dimonis. Eren els nois que es preparaven per anar a la feina.

–Apa, amunt! Espavila, xaval! –em va dir el Murri mentre m'estirava una orella.

–Què? On soc?

–A casa de l'honorable Fagin. Hem d'anar a treballar, va, espavila!

Vaig pensar que el millor que podia fer era seguir el corrent, i fer tot el que feien aquells nois. Si ells es posaven les mans a la butxaca, jo també. Si es mocaven amb la màniga de la camisa, jo també. Si es treien el barret per saludar l'oficial de policia, jo també. Però va arribar el moment d'anar a la feina, que deien ells.

Amb els meus amics d'escola alguna vegada havíem fet trapelleries. Anàvem a trucar timbres, collíem roses del jardí dels veïns..., eren bromes una mica innocents i sense importància. Però el que feien els deixebles de Fagin ja era més seriós. Robaven carteres, mocadors, rellotges de butxaca. Mare meva, en quin embolic m'havia ficat! I cap mirall a prop, ni vidre d'aparador. Res de res.

Tot i que coneixia el llibre *Oliver Twist* de cap a peus, això no vol dir que no hi hagués fragments que em fessin una mica de basarda, i aquest n'era un. Em va treure de les meves cavil·lacions la veu del Murri:

–Va, Oliver! Ara et toca a tu.

Jo em vaig posar a caminar darrere un senyor molt ben vestit. De la butxaca de l'armilla li penjava una cadena d'or, la cadena del seu rellotge. Sentia molta por, i amb la poca traça que jo tenia per a aquestes coses, estava convençut que m'enxamparien.

Per l'altre costat es va apropar un carruatge i es va parar just davant meu. Jo vaig obrir la porta i, mentre feia una salutació amb la gorra, vaig dir a aquells senyors tan elegants:

–Bona estada tinguin a Londres, senyors!

Ells van treure dues monedes de dins una bossa i les van llançar al terra. Jo les vaig recollir de seguida i me les vaig posar dins del folre de la gorra.

Des de l'altra banda del carrer vaig sentir la veu del Murri que em cridava.

–Oliver, no et despistis! A la feina!

–Sí, sí! Ja vinc!

Vaig acostar-me al grup de nois, i el Murri em va dir:

–Oliver, fixa-t'hi bé. Només et faré una demostració. La propera vegada ho hauràs de fer tu.

–D'acord! D'acord! Ja m'hi fixo!

El Murri es va posar a caminar al costat del senyor que abans m'havia llançat les monedes. Xiulava i mirava d'un cantó a l'altre. Jo anava al darrere d'ell, enganxat com una paparra.

De sobte, veig el Murri que s'arromanga la màniga de la casaca, estira els dits de la mà com si els volgués fer fer gimnàstica..., i en un tancar i obrir d'ulls estira la cartera de la butxaca dels pantalons d'aquell senyor i comença a córrer.

No vaig tenir temps de res. De cop i volta em vaig trobar quasi penjat d'una orella agafada per la mà d'un policia. Vaig tancar els ulls, i, en tornar-los a obrir, quina no va ser la meva sorpresa quan em vaig veure al costat d'un guàrdia urbà i davant de la botiga de barrets del pare, que per cert ja tenia les persianes tirades avall.

Enmig dels forts cops de porra que donava aquell guàrdia tan enfurismat a les persianes, vaig poder sentir la veu forta del pare que remugava tot enfadat:

–Ja va! Ja va! Què és aquest rebombori? –I mentre treia el cap per sota la persiana, va preguntar:– Què passa?

–És de vostè aquest xicot?

–Sí. Que n'ha fet alguna?

–Ha anat de ben poc! Anava darrere d'un turista amb els ulls fits a la cartera.

–Marc! Què volies fer?

–Marc, diu? No et deies Oliver fa un moment?

–Sí, senyor! Fa un moment era l'Oliver, però ara soc el Marc, senyor! Per servir-lo, senyor!

–Jo diria que té febre, aquest noi –va dir el guàrdia mentre em posava la mà al front–. Val més que el porti al metge, les febres altes poden produir al·lucinacions.

Aquella nit el pare em va donar un got de llet calenta amb una aspirina. Quan ja estava sol a l'habitació, vaig treure les dues monedes de dins del folre de la gorra i les vaig guardar dins de la meva capsa dels tresors. Eren dos xílings autèntics, iguals que els que havia vist exposats a les parades que el diumenge al matí hi ha a la Plaça Reial.

Aquell dia, el perill m'havia tornat a la realitat. Allò em va servir per anar més amb compte les vegades següents.

4

Un dissabte amb Mary Poppins

Quan s'acostava l'època de Carnestoltes, els pares tenien molta feina a la botiga. La mare s'hi quedava moltes hores ajudant els barreters que cada any per aquestes dates venien a treballar a la botiga. Era la temporada que la Montse venia a fer-nos de mainadera, de «cangur», que en diem ara.

De fet, era la Laura qui necessitava les atencions de la Montse, però els pares sempre deien que no aniria gens malament que em donés una ullada a mi de tant en tant.

La Montse estudiava per a veterinària i, per guanyar-se uns calerons, vigilava nens. Alguna vegada que s'enfadava amb nosaltres perquè no volíem recollir les joguines, deia que era millor tractar amb animals que amb criatures, i que demanaria feina al zoo encara que fos per netejar les gàbies dels lleons.

Els grans, quan s'enfaden, diuen coses que no pensen. I els petits ho saben. És per això que moltes vegades no fan cas del que els manen.

Quan la Montse ens deia: «A dormir!», nosaltres moltes vegades no en fèiem gaire cas, perquè pensàvem que no ho deia de veritat. Però si s'enfadava i ho deia cridant, aleshores sí que anàvem corrents cap al llit.

Una tarda de dissabte, pocs dies abans de Carnestoltes, la Montse ens va portar, a la Laura i a mi, al cinema. Feien *Mary Poppins*, la història d'una mainadera molt especial.

En sortir vam passar per la Rambla. Allí vam trobar el nòvio de la Montse, que era estudiant de Belles Arts. Com que en aquella època estava sense feina, es dedicava a pintar dibuixos al terra, i sempre hi deixava una capsa molt gran per recollir els diners que els vianants li volguessin donar. Jo, en veure la traça que tenia el nòvio de la Montse a fer dibuixos, vaig dir:

–Montse, per què no li dius que dibuixi una fira de festa major?

–I què més?

–Dona, no bufis! Si ens dibuixa una fira ens hi podríem posar a dins tal com fa la Mary Poppins.

–Marc, deixa't de fantasies i anem cap a casa.

El noi, que segurament tenia ganes de gresca, va dir:

–No costa pas gaire dibuixar una fira. Per provar-ho no hi perdem res.

–Va, deixa't de criaturades! Si ho arribo a saber, no et venim a veure.

L'Albert, el nòvio de la Montse, va dibuixar un prat amb un riu, un pont, uns cavalls allà lluny...

–I la fira? –va dir la Laura.

–La fira està just després del pont, a la dreta.

La Laura va mirar el dibuix fixament i va dir:

–Oh, sí! Que bonica!

Nosaltres no sabíem del cert si la Laura veia de veritat la fira o s'havia emocionat tant amb la pel·lícula, que ara veia coses allà on no eren.

La gent que passava Rambla avall s'aturava davant del dibuix de l'Albert. La Laura, entusiasmada de veure tants badocs al seu costat, va començar amb les seves fantasies.

–Miri! Miri! Un conill! Compte, senyor, no el trepitgi. Tothom cap allà que venen els cavalls!

La gent es movia d'una banda a l'altra com si veiessin el que la Laura anava dient.

–Alerta amb el gos, que mossega! Cuita, cuita, pugin al pont, que està creixent el riu!

L'Albert estava tan meravellat que anava dibuixant tot el que la Laura deia. La gent, emocionada, obria els moneders i tirava els diners dins de la capsa que hi havia al terra. Fins i tot la Montse va agafar la capsa i anava donant voltes, facilitant així la feina a totes aquelles persones que, generoses, col·laboraven amb l'art de l'Albert.

–Que trona! Plou! Correm, correm! –va dir la Laura.

Aquesta vegada era veritat. S'havia posat a ploure a bots i barrals. La gent es va dispersar i l'Albert va recollir les pintures i ens va convidar a xocolata desfeta i xurros en una granja del carrer de Petritxol.

–Montse, d'on has tret aquesta nena tan fantàstica? Has vist la muntanya de diners que he arreplegat?

–Aquestes criatures s'emocionen amb poca cosa. Hem anat a veure *Mary Poppins*, i aquest ha estat el resultat.

Jo no vaig badar boca en tota l'estona, perquè pel meu cap hi passava una idea fantàstica.

L'Albert m'havia caigut molt bé. La Laura havia copsat al mil·límetre tots els secrets de la Mary Poppins, i la Montse, encara que estava molt lluny de ser una mainadera fada, hi tenia una cosa en comú: en comptes de dir «ja n'estic tipa» o «prou de beneiteries», bufava igual que ella.

Aquells dies, totes les prestatgeries de la botiga estaven plenes de barrets especials. D'aquests que no es porten mai, però que un dia a l'any tenen la màgia d'omplir de fantasia els caps de petits i grans.

El pare, que tenia molta vista per al negoci, confeccionava els barrets dels personatges de ficció que durant l'any s'havien posat de moda. Quan era l'època del Peter Pan, la botiga estava plena de gorres de Peter Pan, barrets del Capità Garfi i mocadors de pirates. Aquell any s'havia posat de moda la Mary Poppins, i a nosaltres ens va anar com l'anell al dit.

Un dissabte al matí vaig dir a la meva germana:

–Laura, t'agradaria tornar a veure la Mary Poppins?

–Sí! Sí! I després podem anar a mirar les pintures que fa l'Albert. M'agradaria que dibuixés un circ.

–No! No! Veure-la de veritat!

–En persona? No és una mentida? Què vols que faci, Marc? Perquè..., alguna cosa deus voler a canvi, oi? Les sumes de l'escola? Vols que endreci la teva habitació?

–Vull que convencis la Montse perquè vingui amb nosaltres a la botiga.

–Res més?

–Ja n'hi ha prou, ja!

La Laura sabia com persuadir la Montse. No sé com s'ho feia, però sempre treia molt més profit que jo de les seves estades a casa. Aquell dissabte a la tarda els pares tenien un compromís que els mantindria fora de casa fins ben tard de la nit. A la botiga només hi hauria l'avi acabant uns encàrrecs, ja que els dissabtes a la tarda no l'obrien i només hi quedava algú per si un client havia d'anar a recollir algun barret.

–Montse, ens hauries d'acompanyar a la botiga de barrets, l'avi et vol regalar una cosa –va dir la Laura amb aquella veueta tan dolça que sap fer per a les ocasions especials.

–Què m'ha de regalar a mi, el vostre avi? –va dir la Montse tot bufant.

–Ho fas molt bé! Ho fas molt bé! –li vaig dir jo.

–Què és el que faig molt bé? –I un altre esbufec.

–Això de bufar. La Mary Poppins sempre bufa, anirà fantàstic per entrar dins del mirall.

–Dins del mirall?

–Només és un joc.

–Doncs no el conec.

–Perquè tu no hi has jugat mai. La Laura tampoc, però no es fa pregar tant.

–Podem passar a veure l'Albert? –va demanar la Montse.

–Sí! Sí! També pot venir a jugar.

Calia anar ben preparats. Com més coses portéssim que s'assemblessin al personatge, millor sortiria l'aventura. I aquesta vegada no em deixaria pas el mirall de butxaca. A més, la Mary Poppins sempre té el costum de portar-ne un a sobre i emmirallar-se. Vaig agafar el mirall de la màquina d'afaitar del pare, uns guants blancs que la mare guardava de quan anava a l'escola i un paraigua. Pensant que el paraigua que porta la Mary Poppins té un puny en forma de papagai, vaig preguntar a la meva germana:

–Laura, què tenim que s'assembli a un papagai?

–El periquito –va dir ella molt convençuda.

La Montse no sabia gaire en què consistia el joc, però com que li havíem dit que l'avi li volia donar un regal, i a sobre li vam prometre que ordenaríem les joguines tot el mes seguit, va pensar que una petita concessió d'ara li estalviaria molta feina i esbufecs en temps posteriors.

Vam arribar a la botiga tots quatre agafats de la mà. L'Albert no sabia on anàvem, però per fer contenta la Montse era capaç de tot. I, d'altra banda, tampoc no havia tingut un bon dia amb els dibuixos.

L'avi, en veure tanta colla, va demanar:

–On aneu?

–Volem jugar –va dir la Laura.

–No et sembla que té una retirada a la Mary Poppins, la Montse? –vaig fer jo.

–Home, ben mirat... I si li posem aquest barret?

L’avi va posar un barret de Mary Poppins al cap de la Montse. Va treure el periquito de la gàbia i el va posar damunt del paraigua.

–Tu, quiet aquí i no et moguis –li deia mentre li donava una mica de menjar.

A mi em va posar una gorra vermella, a la Laura un barret blau amb una cinta d’un blau més clar i a l’Albert una gorra de quadres.

–Aquesta vegada també vindré jo, no vull deixar-vos sols. Encara seríeu capaços de trencar el mirall, tanta colla.

–Miri, senyor Miquel, només hem vingut un moment a la botiga perquè els nens volien jugar a no sé què, i també deien alguna cosa d’un regal. Però marxem de seguida.

–Montse, relaxa’t una mica. Mira quin goig que fas! Pica l’ullet, a veure si en saps?

–És clar que en sé –va dir la Montse mentre feia un altre esbufec dels seus.

Jo vaig obrir una mica la porta de la botiga i la finestra del darrere per tal que passés corrent d'aire. La Mary Poppins havia arribat a casa del senyor Banks amb un corrent d'aire.

–A veure com piques l'ullet? –va insistir l'avi.

La Montse es va mirar al mirall, va picar l'ullet mentre bufava i va desaparèixer.

–Ara tu, Laura. I tu també, Albert –va dir l'avi.

La Laura i l'Albert, agafats de la mà, van picar l'ullet i també van desaparèixer.

–Ja pots tancar la porta i la finestra, Marc, i afanyem-nos o no trobarem aquesta colla.

L'avi s'havia posat la gorra de l'Almirall Boom i jo un barret vermell amb una cinta negra. Tots dos vam anar davant del mirall, vam picar l'ullet i vam trobar la Montse, l'Albert i la Laura caminant pel carrer del Cirerer.

La Montse estava parlant amb la senyoreta Lark, que corria d'una banda a l'altra darrere el seu gos Andrés.

–Ja tornarà –va dir la Montse a la senyoreta Lark.

–Com ho sap vostè, que tornarà?

–Bub, bub, grr..., grrr... –bordava el gos.

–Ho veu? Diu que només va fins allà a veure un amic i que tornarà de seguida.

–I com ho sap vostè que diu això?

La Montse, ficada ben bé dins el personatge de la Mary Poppins, es va posar seriosa i li va dir:

–Senyoreta Lark, ho acaba de dir prou clar. Oi, Andrés?

–Bub, bub, grr..., grr... –va dir el gos.

–Ho veu? Més clar, l'aigua!

Ara entenia molt bé la dèria de la Montse per ser veterinària. Fins i tot entenia el llenguatge dels gossos!

L'avi va dir que es quedaria a casa de l'Almirall Boom per vigilar si hi havia novetats, i ens avisaria amb una canonada de fogueig si girava el vent o amenaçava tempesta.

–Anem a prendre el te a casa del senyor Perruca –va dir la Laura.

La Montse, ficada dins del personatge de la Mary Poppins, no es feia pregar tant com sempre.

El senyor Perruca era un personatge molt simpàtic, però tenia un problema greu: quan reia i no podia parar, llavors el gas de la rialla el feia pujar amunt com un globus i no podia baixar fins que pensava una cosa trista i es desinflava. Alguna vegada s'havia passat dies sencers dalt del sostre sense poder baixar, i això preocupava els seus parents.

Quan vam arribar a casa del senyor Perruca, el vam veure penjat al sostre, rient i donant voltes com una pilota.

–Ho sento, Mary, no hi puc fer més. Ja fa tres hores que sóc aquí dalt i no hi ha manera de pensar en una cosa trista, i quan estic a un pam de terra m'agafen ganes de riure altra vegada i torno a pujar com un coet.

La Montse ens va mirar. Ella sabia més que ningú com ens agradava volar pels aires. Més d'una vegada ens havia escridassat perquè saltàvem damunt dels llits per veure qui pujava més amunt.

–Va, Mary, pugem a prendre el te –va dir la Laura.

–Amunt! –va dir la Montse.

Tots alhora vam fer un salt i de cop i volta ens vam trobar dalt del sostre prenent el te i unes galetes que ens havia preparat el senyor Perruca.

Després de molta xerinola i veient que es començava a fer tard, la Montse va dir:

–Ho sento, oncle, però hem de marxar.

–Això sí que és trist, Mary –va dir ell, mentre començava a baixar cap a terra.

–Els nens volen tenir alguna aventura més.

–Sí! Sí! –vam dir nosaltres.

–Tant de gust, senyor Perruca –va dir el nòvio de la Montse mentre ens acomiadàvem.

–Saps què m'agradaria, Mary? –va dir l'Albert.

–Què?

–Pujar a les teulades de les cases. Qui sap si hi trobarem els escura-xemeneies.

Tots ens vam donar la mà: primer la Montse, agafada al paraigua amb el periquito al capdamunt; després jo i la Laura, i, l'últim, l'Albert. En un tres i no res ens vam trobar damunt dels terrats i les teulades de Barcelona.

Aquesta vegada la màgia del mirall ens havia traslladat en l'espai i en el temps.

–No hi ha gaires xemeneies, ni escura-xemeneies! –va exclamar la Laura.

–Però hi ha antenes, que, en aquest cas, també serviran.

De cop i volta, de tots els terrats de les cases van sortir uns personatges amb unes granotes blaves, unes alicates en una mà i el tornavís i una antena a l'altra.

–Qui són aquests? –vaig preguntar.

L'Albert, sorprès per aquella aparició sobtada, anava saludant un a un tots els treballadors.

–Són amics meus, de quan feia de lampista –va dir.

A un xiulet de l'Albert, tots es van posar a saltar i ballar d'un terrat a l'altre. Amb el tornavís i les alicates anaven afluixant les antenes de les cases i n'hi posaven de noves. La Montse, ja del tot immersa dins del paper de Mary Poppins, anava tocant amb el seu paraigua cada antena posada de nou. El periquito anava fent «pic, pic».

–Què diu? –va preguntar la Laura.

–No l'entens? Escolta bé –va dir la Montse.

–Pic, pic –va dir el periquito.

–Sí! Sí! Ja sé què ha dit!

–Què ha dit? –vaig preguntar.

–Feina feta! «Pic, pic» vol dir 'feina feta'.

De cop i volta va començar a bufar el vent, les antenes anaven d'un costat a l'altre, i molt lluny va sonar el canó de l'Almirall Boom. Era l'avi que ens enviava un senyal.

–És hora de tornar –vaig dir.

–Ja? –va dir la Montse tot bufant.

Jo vaig treure el mirall de la butxaca i el vaig encarar a tota la colla.

–Mireu el mirall i traieu-vos el barret mentre saludeu. Va, de pressa!

De nou tornàvem a ser dins de la botiga. L'avi havia obert la porta i la finestra perquè hi hagués corrent d'aire i d'aquesta manera propiciar un retorn a la realitat sense entrebancs.

–Apa, deixeu els barrets al seu lloc i torneu cap a casa, que es comença a fer tard.

–Gràcies, senyor Miquel, ha estat una experiència fantàstica. És el millor regal que he tingut mai.

–Pic, pic, pic. Pic –va fer el periquito.

–Què diu? –va preguntar la Laura.

–Diu que li ha agradat molt i que gràcies –va traduir la Montse presumint d'entendre a la perfecció el llenguatge dels animals.

5

Festa d'aniversari amb Blancaneu i els set nans

A l'avi li hauria agradat poder treure la màgia del mirall de tant en tant. Encara que només fos per uns quants dies, però no ho havia aconseguit. Havia passat hores senceres entrant i sortint del mirall, fent provatures per veure si trobava el secret, però res de res. Això l'obligava a estar sempre a la botiga.

Si alguna vegada havia de marxar una estona, quan tornava, el primer que feia era preguntar al pare:

–Que ha vingut algú a comprar?

–Sí, tres senyores.

–Que s'han emprovat gaires barrets?

–Uf! Molts. Però, ja ho saps, quan van dues o tres juntes, no s'acaben de decidir mai.

–Malament! –remugava l'avi.

Llavors el pare afegia:

–Quan han entrat eren tres, però una deu haver marxat abans, perquè en sortir només eren dues.

–No deu haver anat al lavabo?

–Home! A la botiga de barrets s'hi va per comprar barrets, gorres, pameles, passamuntanyes i coses d'aquestes, però per anar al lavabo...

–I quins barrets s'han emprovat?

–Els ha costat molt decidir-se. Necessitaven un barret per anar a una boda.

L'avi començava a mirar prestatgeries d'un cantó a l'altre i feia recompte. A la fi agafava un barret, es posava davant del mirall i picava l'ullet.

Al cap d'una estona, sortia i deia:

–No la trobo enlloc.

–Ja deu haver sortit –li deia el pare.

–I si ha entrat al mirall?

–Bestieses! –deia el pare mig empipat.

–Mira, quan jo no hi sigui, val més que els barrets se'ls emprovin davant de l'altre mirall.

–Però l'altre el troben massa petit!

L'avi agafava un altre barret, tornava a picar l'ullet i cap a dins del mirall altra vegada. Al cap d'una estona tornava amb una senyora.

–Veus com t'ho deia, fill? S'ha d'estar al cas.

–Aquest barret és fantàstic. Per quant me'l ven?

–Seixanta euros –deia el pare mentre picava l'ullet a l'avi perquè no digués res.

–Una mica car, però me'l deixo posat –afegia la senyora mentre obria el moneder.

Quan havia marxat, l'avi anava darrere el pare i li remugava a l'orella.

–Com has pogut cobrar-n'hi seixanta euros si només en val divuit?

–Bé els ha pagat contenta i de gust.

–Perquè la pobra dona s'ha cregut que era màgic.

–I no ho era?

–És el mirall que és màgic i no el barret!

–Bestieses! –tornava a dir el pare. Llavors anava cap al calaix, en treia divuit euros i els donava a l'avi.– Té, què et sembla si anem a mitges?

–Això està millor. Però quan jo no hi sigui, fes el favor de tapar el mirall amb una roba. Si no, algun dia tindrem un disgust.

–Bestieses! –remugava el pare mentre entrava a la rebotiga.

A la Laura, li agradava molt que li llegissin contes abans d'anar a dormir, i el pare, que amb això sí que tenia molta paciència, li'n llegia un cada nit.

–Pare, per què li llegeixes contes a la Laura si ja fa temps que sap llegir?

–Que vols que te'n llegeixi a tu?

–No! Jo soc gran, però ella ja fa molt temps que llegeix.

La veritat és que, quan el pare llegia els contes a la Laura, era ben diferent que quan els llegíem nosaltres. Ell feia la veu de tots els personatges, el bufar del vent, les onades del mar, els sons dels animals..., i la història semblava que passés de veritat.

La Laura sempre es feia llegir el mateix: *La Blancaneu*. Deia que aquest conte li feia passar una mica de por, però que tot el tros dels nans li agradava molt, i també l'arribada del príncep.

Mentre el pare llegia, ella tancava els ulls i deia que veia els nans amb les aixades, camí del bosc.

Un dia que el pare va tenir una reunió de botiguers, la Laura em va demanar que li llegís *La Blancaneu*.

–Marc, no ho fas gaire bé.

–Ets una mandrosa, Laura. Te'l podries llegir tu mateixa.

–Per què no provem una cosa?

–Què?

–Podríem anar amb el conte dins el mirall. Va, Marc! M'agradaria tant ser la Blancaneu!

–I jo el príncep!

–No! El príncep vull que sigui un nen de la meva classe que m'agrada molt.

–I... ell què hi diu?

–Ell no en sap res. Però si el fas entrar dins el mirall i pot fer de príncep, de ben segur que es fixarà en mi.

–Ja m'ho pensaré.

–M'agradaria tant fer de Blancaneu i despertar-me amb un petó de l'Oriol!

–Però, Laura! Quin conte et llegeix el pare?

–*La Blancaneu*.

–Doncs et fa un final diferent. La Blancaneu no es desperta amb un petó del príncep. Mira, mira, aquí ho diu ben clar. Llegeix tu mateixa.

–Ja ho sé que es desperta quan als criats del príncep els cau el taüt a terra, però a mi m'agrada més com ho llegeix el pare.

–El pare s'ho inventa.

–És igual. Si entrem dins el mirall, vull despertar-me amb el petó de l'Oriol.

–Ja m'ho pensaré... I els nans?

–Hi ha uns nens molt eixerits a la classe dels esquirols que estarien molt contents si poguessin venir.

–Ja saben picar l'ullet?

–Jo els n'ensenyaré. Va, Marc! M'ho pots fer com a regal d'aniversari.

–Ara que faràs vuit anys vols fer de Blancaneu?

–Home, Marc, no siguis així! Jo vull que l'Oriol em faci un petó.

–Doncs li demanes i feina feta.

–Ah, no! Com vols que li demani si no em fa cas?

–Bé, deixa'm parlar amb l'avi i ja te'n diré alguna cosa.

La Laura sempre s'enamorava d'aquell que li feia menys cas. Li podria haver agradat el meu amic Ricard, que sempre havia anat de corcoll per ella. Però la meva germana era així. Volia un petó de l'Oriol, i no se li va ocórrer altra manera d'aconseguir-lo que demanar-me a mi que la fes entrar dins el mirall per convertir-se en la Blancaneu.

Ella ja ho havia preparat tot. Havia convidat set nens de la classe dels esquirols, l'Oriol i quatre o cinc amics de sempre per tal que els pares no fessin preguntes en veure tanta menudalla.

Després del berenar que ens havien preparat els pares, vam fer una excursió a la botiga de barrets, amb l'excusa que la Laura volia ensenyar als seus amics el barret que li havia fet l'avi pel seu aniversari.

Era un dissabte a la tarda, i, tal com havíem fet l'altra vegada, l'avi ja ens esperava a la porta de la botiga.

–Mare meva! On aneu tanta colla?

–Celebrem l'aniversari de la Laura. Ho sento, avi, però no m'hi he pogut negar.

L'avi va posar una mica d'ordre a tota aquella patuleia, i, com a home previngut, es va posar el barret de la madrastra, no fos cas que, ja dins el mirall, es despistés algun d'aquells galifardeus i es quedés de llenyataire al bosc.

–Tu comença a passar, Laura, que jo ja t'hi faré entrar tota aquesta colla d'esquirols –li vaig dir.

–No et descuidis l'Oriol!

La Laura es va posar un llaç vermell al cap i, contenta del que li esperava, va picar l'ullet i va entrar dins el mirall. Darrere seu, l'avi, amb el barret esparracat de la bruixa de la madrastra.

De sobte, mentre jo estava donant instruccions a tota aquella colla, la Laura va sortir del mirall molt espantada.

–Marc! Marc! Tinc por!

–Què passa, ara?

–La madrastra m'ha fet fora de casa i el caçador em vol matar!

–Laura, però què dius? És un joc! Que no ho recordes? I no m'espantis aquesta colla o no tindràs nans perquè et guardin el taüt.

La Laura va mirar l'Oriol, va fer una respiració profunda i, mentre mirava el mirall i picava l'ullet, va desaparèixer altra vegada.

Jo vaig anar posant les barretines als petits mentre els ensenyava a picar l'ullet. Ells, molt contents, entraven de dret al mirall.

Però la Laura no m'havia avisat que a la classe dels esquirols hi havia un nen sord. Així que, mentre li posava la barretina i li deia:

–Va, ara tu, pica l'ullet.

Ell es va girar i va donar una volta.

–És que no hi sent –va dir l'Oriol.

–I com li explico jo, a aquest, que ha de picar l'ullet?

–Vocalitza bé.

Vaig agafar el nen, el vaig encarar al mirall i, mentre deia molt a poc a poc «pi-ca l'u-llet», vaig ser jo qui el va picar. De cop i volta em vaig trobar fent de conill i mirant per la finestra de la casa dels set nans.

Quina sorpresa vaig tenir quan vaig veure la Laura fent neteja i preparant el sopar per als nans. Allò sí que era un espectacle de debò.

Però no podia entretenir-me gaire. Havia de fer entrar aquell xicot dins el mirall fos com fos i, a més, encara quedava l'Oriol a la botiga. Si se m'escapava l'Oriol, la Laura no m'ho perdonaria mai.

–Què fan? –va dir l'Oriol així que em va veure.

–Juguen a la Blancaneu. Va, no t'entretinguis i posa't el barret de príncep. Però abans m'has d'ajudar a fer entrar aquest que falta.

El nen sord ja s'havia tret la barretina i s'estava emprovant un darrere l'altre tots els barrets de la botiga. Jo, que ja no sabia com fer-m'ho, el vaig agafar d'una revolada, li vaig posar la barretina una mica de gairell i mentre amb una mà li tapava un ull, amb l'altra li vaig donar un cop al cul tot dient:

–Apa, cap a dins!

El noi va desaparèixer tot seguit.

L'Oriol, que era una mica escèptic amb aquestes coses, es va posar davant del mirall amb el barret de príncep i, mentre picava l'ullet, va dir:

–Tot sigui per no fer un lleig a la Laura el dia del seu aniversari. –I va desaparèixer com els altres.

Aquell dia vaig ser jo qui es va quedar fent guàrdia a fora el mirall i la veritat és que vaig patir una mica.

Allà a les vuit van començar a venir els pares a recollir els seus fills tal com havíem quedat. A la botiga, però, no hi havia cap nen. No n'havia sortit ni un del mirall. I jo, mut, sense saber què dir.

–On són? –va dir un dels pares.

–No era aquí on els havíem de recollir? –va afegir una mare, neguitosa.

Jo els vaig fer passar tots a la rebotiga mentre els deia:

–L'avi els ha portat a fer un tomb, tornen de seguida.

Un moment en què els tenia tots entretinguts amb el bagul de barrets de disfresses, vaig aprofitar per entrar dins el mirall.

Estaven celebrant el casament de la Blancaneu i el príncep.

–Laura! Va, torneu! De pressa! Que tinc tots els pares a la rebotiga!

–Ara? –va dir l'Oriol.

–Avi! Que no saps quina hora és? –vaig fer jo tot dirigint-me a la madrastra.

–Ho sento, m'he deixat el rellotge damunt el taulell de la botiga.

No hi havia qui pogués fer tornar aquella colla a la realitat, i a mi, ja em començaven a venir cagarrines de pensar en tots els pares esperant neguitosos a la rebotiga. Així que vaig agafar un mirall de palau i, aprofitant el moment en què els nans es treien la barretina per saludar els nuvis, van entrar tots de cop a la botiga. L'Oriol i la Laura, encara que amb recança, també van seguir els nans, i l'avi va tancar la comitiva.

Sort vaig tenir que els pares de tota aquella colla s'havien engrescat molt emprovant-se els barrets de disfresses. Si no, m'hauria posat en un bon embolic.

Era evident que la Laura havia tingut la millor festa d'aniversari de la seva vida.

–T'ha fet el petó l'Oriol?

–I tant! No m'hauria despertat mai.

Durant uns quants dies el pare no va haver de llegir cap conte a la Laura a l'hora d'anar a dormir. I la mare no parava de comentar una vegada i una altra:

–No sé què té aquesta nena, passa l'escombra amb un aire..., i mai de la vida havia tret la pols com ho fa ara.

Era veritat, allà on passava el drap la Laura, t'hi podies emmirallar.

Jo esperava amb candeletes que a la Laura li passés l'enamorament d'aquell tibat de l'Oriol, o l'any vinent em tocaria fer-li un regal d'aniversari una mica més complicat, perquè últimament havia canviat la lectura per les pel·lícules de vídeo i es posava una vegada darrere l'altra la pel·lícula *Superman*.

6

Un diumenge amb Moby Dick

Encara que amb la Laura ens portem quatre anys, durant molt de temps havíem jugat plegats. Però, a mesura que anàvem creixent, cadascú de nosaltres va agafar amics i aficions diferents.

Ella, una vegada aconseguit el petó de l'Oriol, no va insistir a tornar a entrar dins el mirall. S'ho passava més bé amb les converses que tenia amb les seves amigues. Es podien estar tardes senceres assegudes en un banc del parc, parlant pels descosits i xiuxiuejant-se coses a l'orella. Jo ho trobava avorrit, però ella deia que tenien converses molt interessants.

La Laura, no sé si influïda per la Montse, va tenir tirada pels animals terrestres. Jo, qui sap si empès pels reportatges submarins de Jacques Cousteau que feien a la *tele*, em decantava cada vegada més pels animals marins.

Molts matins de diumenge m'arribava al zoo i m'encantava hores davant l'aquari. Després anava a veure les foques, els dofins i l'orca Ulisses, que, per cert, ja va marxar cap a les Amèriques.

Quan feien les pel·lícules del dofí Flipper, deixava tots els meus estalvis en aquell cinema. Però quan de veritat vaig tocar el fons de la meva guardiola, va ser quan van fer *Moby Dick*.

L'avi, que també era un apassionat del cinema, m'hi va acompanyar tres vegades. El tercer dia, en sortir del cinema, em va dir:

–Marc, resulta molt car aquest *Moby Dick*. Et compraré el llibre i te'l pots llegir tantes vegades com vulguis sense necessitat de pagar entrada. I pel mateix preu, que, en definitiva, és el que compta.

–Per què no entrem dins el mirall? –vaig dir jo.

–És una mica perillós. Tu llegeix bé el llibre i més endavant ja en parlarem.

Amb tres caps de setmana vaig llegir *Moby Dick*, de Herman Melville. És un relat molt més apassionant que la pel·lícula, ja que, després de veure-la tantes vegades, endevinava totes les trampes que fan servir al cinema. Aquella balena semblava de cartró, i poques vegades es veia sencera. Només el petar de la cua damunt l'aigua i el sortidor, acompanyat d'aquella frase que a mi m'apassionava, «Allí bufa!», semblaven de veritat.

La lectura de *Moby Dick* em va portar records molt entranyables. L'àvia, la dona de l'avi Miquel, era molt religiosa i sempre m'explicava històries bíbliques. *Moby Dick* em va retornar a la memòria un relat de l'àvia que jo mai no em cansava d'escoltar. Era l'aventura de Jonàs dins el ventre de la balena.

Després de la lectura de *Moby Dick*, van començar els meus dubtes. Jonàs, va estar realment dins la panxa de la balena? Podia haver passat els tres dies dins la mandíbula, ja que, segons els entesos, la boca de la balena és capaç d'allotjar una taula amb tots els seus convidats.

L'avi sempre m'havia dit que, com més preparat entrés dins el mirall, millor sortiria l'aventura del personatge de ficció que jo hagués triat.

L'aventura de *Moby Dick* m'entusiasmava, i per aquest motiu vaig passar moltes tardes de dissabte llegint una vegada i una altra la novel·la amb el ferm propòsit de tenir-ne tots els detalls ben lligats.

Algunes vegades m'arribava fins al port a veure com preparaven els vaixells. Ja sé que Barcelona no és un port balener, però jo observava els creuers i m'imaginava la resta. Quan els passatgers aixecaven les mans per dir adéu als familiars que es quedaven vora el moll, m'imaginava que era un mariner acomiadant vells amics que salpaven en direcció a la caça de la balena blanca.

Un dia, li vaig comentar al meu amic Lluís.

–T'agrada *Moby Dick*?

–Sí! I tant!

–Has llegit el llibre?

–No. He vist la pel·lícula.

Aleshores li vaig explicar les meves intencions d'entrar dins del mirall de la botiga. Però ja que era una aventura fantàstica i una mica arriscada, preferia anar-hi acompanyat d'algú de confiança.

–Pots comptar amb mi, però abans m'agradaria llegir el llibre.

L'hi vaig deixar tot seguit. Al cap d'uns dies em va venir a trobar i em va dir entusiasmat:

–Quan podem entrar dins aquest mirall?

–Hem de preparar-ho amb l'avi.

–Has triat personatge?

–A mi m'agradaria ser l'Ismael, el narrador.

–Ja ets espavilat, ja! –va dir el Lluís–. És l'únic que queda viu de tota aquesta història.

–Home, podem modificar una mica el final.

–Bé, a mi sempre m'han agradat els tatuatges. M'agradaria fer d'indi Queequeg, l'arponer. I... qui farà de capità Ahab?

–L'avi, el meu avi farà de capità Ahab.

–No és una mica massa gran?

–Home, no en tenim d'altre. Ell coneix la història més bé que jo, i també el mirall, que en aquest cas compta molt.

–I la cama d'ivori?

–Ja s'imaginarà alguna cosa.

Vam passar moltes tardes al port per veure el moviment dels vaixells. També ens vam arribar fins a Montjuïc per veure les fonts. Ens assèiem en un banc i passàvem hores i hores encantats mirant els sortidors, les llums i el moviment de l'aigua. De tant en tant, un de nosaltres cridava ben fort:

–Allí bufa!

–On?

–Allà, a estribord!

–Als bots! Ràpid! Als bots!

El Lluís va comprar tot de calcomanies i, si haig de ser sincer, algunes eren una mica carrinclones, tot i que després, enganxades per tot el seu cos, quedaven la mar de bé.

–Home, Lluís, si et pintes amb retoladors, no et sortirà tan car.

–I si amb l'aigua s'esborren?

–Quina aigua?

–La del mar! Si anem a l'aventura de *Moby Dick* ens passarem molts dies als oceans.

–És veritat. Ja no ho recordava. Però algunes vegades les calcomanies també marxen.

–Ja ho sé. Ho he provat amb dues.

–Què has fet?

–Me n'he posat dues a les cuixes i m'he ficat dins de la banyera.

–Quants dies has resistit?

–Dies, dius? Només quatre hores. Va venir el pare i em va dir: «Lluís, no et sembla que avui en fas un gra massa amb la banyera?».

–Bé, amb quatre hores ja en tenim prou.

–Com? –va dir ell molt estranyat.

Vaig explicar-li que dins el mirall les hores es comptaven per minuts i que podíem tornar quan volguéssim. Això el va tranquil·litzar una mica, ja que havia començat a preparar els seus pares dient-los que aniria uns quants dies d'excursió.

Un diumenge al matí que els pares havien anat a una festa de l'escola de la Laura, el vam aprofitar per a la nostra gran aventura.

Tal com havíem quedat amb l'avi, a les nou en punt érem a la porta de la botiga. El Lluís semblava un indi de veritat. S'havia pelat el cap i només li quedava un floc de cabells al front recollits amb una goma.

–Lluís! No t'hauria reconegut mai. Què han dit els teus pares?

–Encara dormien.

–T'has pelat de veritat? I què faràs quan tornis a casa?

–Ja m'ho pensaré.

L'avi va arribar tot seguit. Portava un bastó i anava ranquejant.

–Senyor Miquel!, que s'ha fet mal? –va dir el Lluís.

L'avi es va arromangar els pantalons i ens va ensenyar la cama. La portava enguixada.

–Però..., avi, què t'ha passat? Que t'has torçat el peu?

–Us vaig dir que calia identificar-se amb el personatge, oi que sí?

–Sí! Sí! –vam dir el Lluís i jo alhora.

–De què faig jo, en aquesta aventura?

–De capità Ahab.

–I... no se li va menjar la cama una balena?

–I tant! Però tu encara la tens! Se't veuen els dits del peu.

–Només faltaria! No em tallaré pas la cama per jugar una estona. No et sembla, Marc? –I va continuar:– Tinc un amic que és traumatòleg, i li he demanat aquest favor. Abans de venir he passat per la seva clínica i m'ha enguixat la cama. D'aquesta manera segur que faré a la perfecció el personatge del capità Ahab.

–Sembla ben bé de mandíbula de balena –va dir el Lluís mentre colpejava amb la mà la cama de l'avi.

–Només hi ha un petit problema.

–Quin? –vam dir nosaltres.

–Que, a canvi del seu secret professional, vol entrar dins del mirall.

–No voldrà pas el meu personatge, oi? –va dir el Lluís mentre es mirava les calcomanies que portava enganxades per tot el cos.

–No patiu, vol fer de guaita. Té ganes d'afegir l'unça d'or espanyola a la seva col·lecció de monedes.

Així que l'avi va haver alçat la persiana de la botiga de barrets, va aparèixer el traumatòleg. Anava descalç, amb uns pantalons arromangats, una samarreta de ratlles i una faixa de color vermell. Duia una barba pèl-roja i semblava que no hagués passat per sota la dutxa en tres mesos.

L'avi ni el va conèixer. Li va dir:

–No tinc res per donar-vos, bon home. He sortit de casa sense el moneder.

–Però, Miquel! Que no em coneixes?

–Redéu! –va cridar l'avi en sentir-li la veu–. Si ets el Tomàs. Per tots els dimonis plegats! Si no arribes a parlar no t'hauria conegut mai. Apa, entrem o se'ns farà tard.

Una vegada dins la botiga, l'avi va tornar a tancar la persiana i va començar a remenar per trobar els barrets més adients.

A mi em va posar una gorra blava de mariner. Al Lluís, un barret de castor. Al senyor Tomàs, una altra gorra, i ell es va posar un barret de copa.

–Posem els rellotges a la mateixa hora, no fos cas que ens despistéssim i la història anés malament per culpa dels rellotges.

Primer vaig entrar jo, adoptant el personatge d'Ismael, que, com a bon narrador, ha de ser qui comença a introduir la història.

Per pocs minuts havia perdut el vaixell de vapor que m'havia de portar a Nantucket, el port balener més important del món. Vaig decidir donar una volta pels carrers de New Bedford, i després de ficar el nas en algunes tavernes on sabia que hi trobaria altres mariners, vaig buscar lloc per passar la nit.

Quan ja estava a punt d'agafar el son al llit de l'Hostal del Brollador, va aparèixer el Queequeg xuclant la seva pipa i amb un sac penjat al coll. El Queequeg era l'indi que m'acompanyaria durant tota l'aventura. Era un tipus un pèl estrany, havia arribat d'una illa del Pacífic i portava venuts ja una pila de caps embalsamats, que duia penjats al coll com qui hi porta un rest d'alls. Però n'hi havia quedat un per vendre, i és el que vaig poder veure jo amb els meus propis ulls.

Després de deixar el sac en un racó, va treure el cap de l'home de Nova Zelanda i el va posar ran de finestra. Jo, arraulit dins el llit, tremolava com una fulla de tanta por. L'indi, després de mormolar unes paraules que jo no entenia, es va ficar dins el meu llit.

–Qui ser tu? –em va dir mentre m'agafava pel coll.

–El Marc! Soc el Marc!

–Al mar anar nosaltres demà. Tu ser Ismael. Demà nosaltres anar al mar a buscar balenes, i tu venir amb mi.

–Sí! Sí!, com vostè digui –vaig dir. I girant-me cap a l'altre cantó em vaig arraulir com un cuc.

De sobte, vaig notar com la mà de l'indi em feia pessigolles a l'orella.

–T'he ben enganyat, eh, Marc?

Era la veu del Lluís. Estava salvat.

–Noi, mira que ho sabia, però m'has fet passar una mica de cangueli. D'on has tret aquest cap amb aquesta cabellera?

–L'he agafat de la perruqueria de la meva mare. Què et sembla?

–M'ho he cregut de veritat. Ha anat de ben poc que no em cago a les calces.

Tots dos ens vam posar a dormir i l'endemà vam enrolar-nos al *Pequod*. El Lluís d'arponer i jo de grumet.

Quan ja estàvem a alta mar, vam trobar l'amic de l'avi, que es passava hores i hores dalt la cofa mirant a una banda i a l'altra.

Després d'uns dies de navegació, i tips ja de sentir les passes del capità Ahab caminant amunt i avall per la coberta del vaixell una nit darrere l'altra, va arribar el moment en què es va dignar a aparèixer davant la tripulació.

El capità Ahab tenia una cicatriu a la galta que li arribava fins al coll, portava una casaca blava i un barret de copa que li cobria els cabells despentinats. En veure'l, vam comprendre el perquè d'aquell soroll que ens havia fet passar tantes nits d'insomni. Tenia una cama amputada, i la part que li faltava la substituïa un tros de mandíbula de balena.

Després d'aquella primera aparició, el vam anar veient cada dia. També l'unça d'or espanyola que ell mateix va clavar al pal major, amb la promesa ferma que seria d'aquell mariner que primer veiés la balena blanca.

Alguna vegada m'havia tocat a mi fer de guaita. El que més m'agradava és quan veia aquells sortidors que no tenien res a veure amb els de Montjuïc. Aleshores, jo sabia que eren balenes i cridava amb totes les meves forces.

–Allí bufa! Allí bufa!

A corre-cuita, els arponers es ficaven dins els bots i es feien a la mar. Des de dalt de la cofa semblaven closques de nou flotant en l'oceà.

Però va arribar el dia que va aparèixer de veritat Moby Dick, tal com havien acordat l'avi i el senyor Tomàs, no va ser Ahab qui va veure primer la balena, sinó el guaita de torn, aquesta vegada representat pel traumatòleg. D'aquesta manera es va poder quedar amb l'unça d'or espanyola.

Com que era l'avi qui s'havia posat dins la pell del capità Ahab, la història va donar un tomb una mica diferent. L'avi, amb els dies, va anar canviant el caràcter obsessiu del capità Ahab, i ja no era tan obstinat. Realment vam anar una bona estona darrere l'endimoniada balena blanca. Però..., just quan la cua de l'animal estava a punt d'enfonsar el *Pequod* amb tota la seva tripulació a bord, el capità Ahab va treure's un mirall de la butxaca, el va encarar als arponers i a tots nosaltres i va fer un crit.

–Tots a l'una! Ben fort! Adéu, Moby Dick!

Morts de por com estàvem, ens vam treure el barret i vam dir:

–Allí bufa! Adéu, Moby Dick!

Tots quatre alhora vam sortir disparats del mirall. L'avi tenia una rascada a la galta. El senyor Tomàs portava l'unça d'or espanyola agafada ben fort a la mà dreta. El Lluís va treure's de la butxaca dels pantalons una colla d'amulets, i jo duia enganxada al voltant del coll la bandera del *Pequod*.

Eren ja les vuit de la tarda. Havíem passat molts dies d'aventures: havíem creuat oceans, perseguit balenes i estàvem esgotats. Tots quatre ens vam mirar fixament sense dir-nos res i, al final, quan l'avi va haver tancat la porta de la botiga, el senyor Tomàs va dir:

–M'ha costat moltes suors aquesta unça d'or espanyola, però segur que serà l'enveja de tots els meus amics.

–Hauríem de passar per la clínica, no et sembla? –va dir l'avi mentre s'arromangava els pantalons.

–Sí! Sí! Ara mateix, anem.

7

Unes hores amb Huckleberry Finn

Durant molts estius, quan arribava el mes d'agost, el pare tancava la botiga. Tots ho esperàvem amb candeletes, i cadascun de nosaltres per motius ben diferents.

L'avi i l'àvia ja marxaven a mitjan juliol per començar a fer neteja i endreça de la casa. Deien que, amb un any d'estar tancada, feia olor de resclosit.

L'àvia era filla de Deltebre i el seu pare li havia deixat la casa del poble, on, quan eren petits, anaven a passar els estius.

La masia i les terres havien quedat per a l'hereu. I encara ara, els nets, els meus cosins, es guanyen la vida com l'avi, treballant als arrossars.

Al pare li agradaven els estius vora l'Ebre perquè allà practicava els seus esports preferits: la caça i la pesca.

La mare es feia tips d'anar en bicicleta vora els canals i no es cansava de passar, una vegada darrere l'altra, creuant el riu amb el transbordador. Anys després, la Laura em va explicar que alguna mestressa tafanera del poble li havia dit que el conductor del transbordador havia estat un antic pretendent de la mare. Això explicava la seva dèria.

L'avi anava totes les tardes al casino i allí passava hores i hores jugant al dòmino. A mi m'agradava anar-lo a veure i sentir els cops de dòmino damunt la taula. Sovint, algun jugador s'entretenia una mica i començava a explicar una xafarderia.

–Sabeu la pubilla de Cal Betes...?

–Sí! I tant! Aquella que ens fa aturar la partida, quan passa per davant del casino.

–Ja no la veurem més.

–No?

–Ha marxat amb el fill del Capità.

–Amb quin?

–Amb quin vols que sigui? Amb el petit! Aquell tan rodamón!

El Capità era el sobrenom que havien posat a l'home del transbordador.

–Va de sisos! Som-hi!

–Atura, home, això no pot quedar així!

–Han agafat el tren aquest matí. Els he vistos a l'andana quan anava a recollir el pinso de les gallines a l'Ampolla.

–Devien anar fins a l'Hospitalet de l'Infant, home! És la festa major!

–A l'Hospitalet de l'Infant amb un bagul? I amb bitllet per a Barcelona?

–Llàstima! –va dir l'avi, que encara no havia badat boca en tota l'estona–. M'agradava parar la partida quan passava la pubilla de Cal Betes.

–Som-hi, nois, que va de sisos!

Ells continuaven la partida i jo corria tot seguit a trobar la meva colla.

A la Laura també li agradava passar els estius a Deltebre, però tenia un problema: els mosquits. Tots els mosquits del poble anaven a picar-la a ella. La mare li havia fet una mosquitera per al llit. Així s'estalviava les picades a la nit. Durant el dia, la Laura anava amb una pala a la mà, espantant mosques i mosquits a tort i a dret.

L'àvia, que era una dona observadora i molt pràctica, un dia li va dir:

–No et preocupis, Laura, això ho arreglarem.

–Com?

–Porta el barret de palla de la mare, el que té les ales més amples.

–Què vols fer?

–Tu porta el barret i fes-me cas.

L'àvia va prendre la mida de l'alçada de la Laura, va agafar un tul transparent i el va cosir al voltant del barret. Després el va posar al cap de la Laura i li va dir:

–Què et sembla? Ja no hi haurà mosquit que pugui amb la Laura!

–Està molt bé, àvia, però tothom se'n riurà!

–Ca, dona! Només ho faran dos o tres dies. Si ets capaç d'aguantar les rialles de la gent dos dies, el tercer et riuràs tu d'ells.

–Passa per davant del casino, Laura –vaig fer jo amb to burleta.

–Apa, i què més?

La Laura va aguantar dos dies passejant pel poble amb aquell barret. Era com si anés ben bé dins una mosquitera.

El tercer dia, després d'esmorzar, vam sortir al carrer com teníem per costum. Vam tenir una bona sorpresa quan vam veure dues senyores que anaven dalt d'un carro i camí dels arrossars amb un barret voltat d'un tul igual que el que l'àvia havia fet per a la Laura.

–Què us vaig dir? –va fer l'àvia–. No tardarem a veure tota la gent de Deltebre amb aquest barret mosquitera.

L'àvia exagerava una mica, però ho deia perquè li feia angúnia veure la Laura plena de picades de mosquit durant l'estiu.

A part d'aquesta trifulga de la Laura, jo sí que passava uns estius meravellosos.

Amb els anys, havíem fet una bona colla a Deltebre. Construíem cabanes, barcasses, fèiem guerres... Mai no sentíem els grans quan ens cridaven a dinar. I això, moltes vegades ens havia valgut una bona esbroncada.

Hi va haver un any molt especial per a mi. Devia tenir al voltant de quinze anys. Aquell juny, just en acabar l'escola, l'avi m'havia regalat un llibre: *Les aventures de Huckleberry Finn*, de Mark Twain.

–T'anirà bé per a aquest estiu –va dir l'avi mentre jo el desembolicava.

–És una mica gruixut, no et sembla?

–Quan et trauràs de sobre aquesta mandra de llegir? No siguis gandul i creu-me. Et donarà moltes idees.

–De què?

–No teniu un rai, la teva colla de Deltebre?

–Sí.

–I... una cabana?

–Sí.

–Tu creu-me. Llegeix i pren nota, no et deixis ni un detall.

La veritat és que seguir els consells de l'avi em va servir, i de molt, perquè d'aquell estiu me'n recordaré tota la vida.

Amb els meus amics vam fer un rai de fusta com el del Huck. Les barques que baixen Ebre avall ens vam imaginar que eren els vaixells que naveguen pel Mississipí. Els mosquits, no cal dir-ho, eren reals del tot, perquè venien darrere nostre cada estiu. Mai no els havia vist fer vacances.

Vam caçar alguna au, que vam fregir tal com feien el Huck i el negre Jim després d'haver-la robada d'una granja.

Ens havíem après de memòria la conversa que el Huck té amb la Joanna, la noia del llavi partit. Aquella a qui se li mor el pare, i els amics del Huck, aprofitant-se de la situació, es volen fer passar per uns oncles vinguts de lluny per tal de cobrar l'herència d'ella i tocar el dos.

La Joanna, per tal de descobrir que tots són una colla d'estafadors, té una conversa amb el Huck a la cuina. Li posa un parany darrere l'altre per tal de fer-lo caure. Més que una conversa és quasi un interrogatori policial. La Joanna fa unes preguntes molt concretes al Huck, que ha d'anar contestant amb rapidesa. És així com l'atrapa en la mentida i descobreix que és un estafador.

A nosaltres ens agradava molt escenificar aquesta part del llibre, i havíem inventat un joc que s'hi assemblava molt.

A la nostra colla, hi havia una noia molt espavilada: la Lourdes. Ella era l'encarregada de fer de Joanna i ens posava paranys a la conversa. Mai ningú no se n'havia sortit d'aquelles xerrades a la cuina de casa la Lourdes, on anàvem molts vespres, després de sopar.

Al voltant d'una taula, plena de fruites per anar picant, començava la roda de preguntes. El que se'n sortia millor, l'endemà feia de Huck, i el segon, podia triar personatge.

Les preguntes podien ser de tot tipus: de socials, d'història, de llengua, de matemàtiques, de xafarderies del poble... Però totes a l'estil de les que feia la Joanna al Huck per tal de descobrir si realment era el seu cosí llunyà.

Una nit, la Lourdes em va preguntar:

–Has vist mai el Rei?

–Quin? El nostre? El Felip? –vaig dubtar un moment però vaig reaccionar–. I tant! Esquiem junts a Vaquèira cada hivern.

–De debò?

–Soc el seu amic!

–Jo pensava que esquiava a Beret...

–També és veritat, però passa a Vaquèira amb els telecadires.

–No fas esquí alpí tu, Marc? A Beret s'hi va a fer esquí de fons.

–També alpí, Lourdes. També alpí.

–De quina mida són els teus esquís, Marc?

–Fan uns vuitanta centímetres.

–I tu, quant fas?

–Metre seixanta, més o menys.

–Estàs segur que fan vuitanta centímetres els teus esquís?

–Del tot!

–Segur? Segur?

Ja m'havia enxampat. M'havia ficat ben bé de peus a la galleda. Jo, en la meva vida no m'havia calçat mai uns esquís. Ho sabia per les revistes que el Rei anava a esquiar a Vaquèira, res més. Aquella vegada va anar d'un pèl que supero els paranys que em posava la Lourdes, però tampoc no em preocupava gaire si no podia fer de Huck en tot l'estiu, perquè tan bon punt arribés a Barcelona, entraria dins el mirall de la botiga del pare.

Havíem passat tota mena d'aventures aquell estiu. Tots teníem com a llibre de capçalera *Les aventures de Huckleberry Finn*, i algunes nits n'anàvem a llegir un capítol al costat de la foguera que encenia l'home del transbordador.

Era un somiador. Deia que cada nit encendria la foguera fins que tornés el seu fill amb la pubilla de Cal Betes. A nosaltres ens feia una mica de pena. És per aquest motiu que anàvem a llegir al seu costat.

Vam tornar a Barcelona cap a finals d'agost. Encara ens quedaven uns quants dies de vacances, i el pare no obria la botiga fins al 5 de setembre. Si volia entrar dins el mirall i preparar bé l'aventura, no em podia deixar ni un detall. Per tant, tampoc podia oblidar el personatge de la Sarah Williams. El Huck, agafant uns vestits de noia que troba en un estenedor, es fa passar per la Sarah Williams i entra en una casa per tal d'esbrinar els rumors que corren pel poble sobre ell i el seu fidel Jim.

Una tarda vaig dir a la Laura:

–M'hauries de deixar un vestit.

–Per què vols un vestit, tu?

–Deixa'm un vestit teu i demà mateix te'l torno.

–Marc, tu ets molt més alt que jo. T'anirà petit.

–És veritat. I... si el demanés a la mare?

–Els de la mare són de senyora. Si vols, en demanaré un a la Sílvia, que més o menys té la teva alçada.

–Qui és aquesta Sílvia?

–La germana de l'Oriol.

–Encara tens l'Oriol al cap?

–No! Ara m'agrada més el seu cosí.

La Laura va demanar un vestit a la Sílvia i me'l va portar l'endemà mateix.

–Va, posa-te'l! –va dir la Laura.

–Em fa vergonya.

–Si no te l'emproves, diré a la Sílvia que és per a tu.

Me'l vaig emprovar com un coet. Sabia que la Laura es riuria de mi. Però tant em feia, les meves intencions secretes bé valien fer el ridícul davant la meva germana.

–Per qui et vols fer passar, Marc?

–Per la Sarah Williams.

–No la conec... No aniràs a la botiga, eh, Marc?

–Jo, a la botiga? És tancada, Laura. L'obren la setmana vinent.

–Ah, sí! Ja no me'n recordava!

Una tarda, vaig demanar a l'avi que m'acompanyés a la botiga.

–Vigila, Marc, que l'última aventura va ser una mica perillosa.

–Saps el llibre que em vas regalar al juny?

–Com vols que no me'n recordi... M'havia fet tips d'explicar-lo al teu pare quan era petit.

–Tu també llegies llibres al pare perquè s'adormís?

–No! Aquest llibre li explicava les nits d'estiu, mentre preníem la fresca després de sopar.

Quan vam arribar a la botiga, ell es va asseure al portal i em va dir:

–Prendré una mica la fresca, i si a les vuit no has tornat, et vindré a buscar.

Aquella vegada vaig entrar dins el mirall amb dos barrets. El del Huck, que el portava penjat al coll, i el barret de sol de la Sarah Williams al cap.

El vestit de la Sílvia m'esqueia d'allò més bé. Tant, que abans d'entrar dins del mirall em vaig atansar a l'avi i li vaig dir:

–Que ha vist el Marc?

–No, bufona, però tornarà d'aquí a una estona. Qui li dic que el busca?

–La Sarah Williams.

–Qui?

–Avi! Que no em coneixes? Soc el Marc!

–Reina del cel! No t'hauria conegut pas! Apa, afanya't que es fa tard.

La veritat és que, posat davant del mirall, ni jo mateix em reconeixia. Però, una vegada a dins, tot va ser una altra història.

Vaig agafar la canoa i em vaig dirigir fins a la riba de l'Illinois. Es veia una llum petita dins una cabana. M'hi vaig atansar i vaig trucar.

–Endavant! –va dir una dona d'uns quaranta anys–. D'on véns, maca?

–Del poble de més amunt.

–Com et dius, bufona?

–Sarah Williams.

–Seu i treu-te el barret, Sarah. Et prepararé sopar, fas cara de tenir gana.

Aquella dona em va explicar que havien mort el Huck, i que buscaven el Jim perquè tothom estava convençut que ell era l'assassí.

–Donen una recompensa a aquell qui lliuri el negre. Tres-cents dòlars per ser exactes –va dir la senyora.

–Tres-cents dòlars? En euros quant és?

–Què dius, noia?

–Res, res –vaig fer jo adonant-me de l'embolic en què m'estava ficant.

La dona va començar a sospitar de mi i mentre em donava fil i agulla va dir:

–Series tan amable d'enfilar-me l'agulla? M'he deixat les ulleres a l'habitació.

Jo sabia que el detall d'enfilar l'agulla havia estat el delator del Huck a casa d'aquella dona. Però a mi no em passaria el mateix. Estava tip d'enfilar agulles a la botiga del pare. En èpoques de molta feina es podria dir que em passava les tardes posant fil a l'agulla.

–Com has dit que et deies, maca?

–Laura, Laura Williams.

–Em semblava que havies dit Sarah, fa una estona.

–Sí! Sí! Em dic Sarah Laura Williams.

Abans que s'enredés la troca i no em sortís de la boca el nom de la Sílvia, vaig pensar que era millor tocar el dos d'aquella casa.

El vestit i el barret, els vaig posar dins un farcell, i amb la canoa vaig anar fins allà on havíem quedat amb el Jim.

Ens vam menjar un peix que ell havia pescat mentre jo era a casa d'aquella senyora. Després, abans de posar-nos a dormir, vam deslligar el cordill que subjectava la canoa a un arbre, i vam deixar que el corrent ens portés riu avall.

Vestit de Huck, vaig poder viure totes les aventures que havia llegit al llibre. Capítol per capítol, sense descuidar-me ni d'un punt i a part.

Quan vaig trobar Tom Sawyer, em va dir:

–On vas amb aquest farcell?

–És d'una amiga. L'hi haig de tornar d'aquí a una estona.

–A veure?

–No! No! –vaig dir jo tot estirant ben fort.

El Tom em va prendre el farcell amb el vestit de la Sílvia a dins. I jo no sabia com arreglar-me-les perquè me'l tornés.

S'acostava ja l'hora de marxar i el Tom s'havia esmunyit ràpidament cap al bosc amb el meu farcell.

Vaig sortir del mirall molt espantat. L'avi,

en veure'm, va dir:

–Què t'ha passat?

–El Tom s'ha quedat el vestit.

–Quin?

–El de la Sílvia.

–El de la Sarah Williams, deus voler dir!

–És igual. El vestit que m'havia deixat la Sílvia, l'amiga de la Laura.

L'avi es va posar un barret semblant al que portava sempre el negre Jim. Va picar l'ullet i va entrar dins el mirall.

Al cap d'una estona vaig veure el Jim dins la botiga. Havia sortit del mirall just en el moment en què s'acomiadava dels seus amics. Portava el farcell a la mà i remugava:

–Aquest Tom no canviarà mai! Sempre s'ha de creure l'amo del món.

–Tu no ets el meu avi! Ets un fantasma, Jim?

–No! La senyoreta Watson m'ha donat la llibertat. Ho ha dit el jutge quan ha llegit el testament.

–Però, Jim! No et pots quedar aquí!

–No hem navegat junts pel Mississipí? No t'he tret de molts embolics? Ja no estimes el negre Jim, Huck?

–No soc el Huck, jo! Soc el Marc! I... l'avi? On és l'avi?

–De qui em parles, Huck?

Mare meva! M'havia ficat en un bon embolic. Però me'n sortiria, segur que me'n sortiria. De la mateixa manera que el Huck s'havia sortit de totes les seves aventures.

–Mira, Jim, farem un joc –li vaig dir–. No! No! No et treguis el barret!

–Fa molta calor aquí!

–Ja engegaré el ventilador. Tu quiet, ben quiet. Posa't davant del mirall.

–Uf! Quin negre més lleig que hi ha aquí!

–Ets tu, Jim. Va, ara pica l’ullet.

–Que piqui què?

–Que tanquis un ull!

El Jim es va aguantar el barret amb una mà, es va tapar l’ull amb l’altra, i, mentre desapareixia dins el mirall, li vaig dir:

–Records a la tia Polly!

L’avi va sortir tot seguit.

–Què ha passat?

–Celebraven la llibertat del Jim. Hi ha un batibull de mil dimonis allà dins. Tens el farcell?

–Sí! Sí! Me l’ha portat el Jim.

–I ell, on és?

–A dins! –vaig dir jo tot assenyalant el mirall.

8

Comiat amb D'Artagnan i els tres mosqueters

Amb el Lluís i tres o quatre amics més vam anar fent colla. Sortíem els caps de setmana i també algun dijous a la tarda de tant en tant. Teníem aficions semblants, que anàvem canviant cada temporada.

Quan vam creuar la ratlla dels divuit anys, envalentits per l'estrenada majoria d'edat, vam començar a practicar algun esport de risc: escalada, espeleologia, submarinisme i coses d'aquestes. Això no volia dir que de tant en tant no ens reuníssim per jugar a jocs de taula: parxís, escacs, dòmino... Però aquests jocs els deixàvem com a recurs per si algun dia es posava malalt algun de nosaltres i li anàvem a fer companyia la tarda del diumenge.

També havíem fet esgrima i, entre competició i competició, recordàvem les nostres batalletes de quan érem petits.

L'afició del Lluís sempre havia estat l'hípica, i amb paciència i constància ha arribat a posar un picador a la serra de Collserola.

Amb els anys, la nostra colla es va anar diluint. Qui més qui menys vam trobar parella. Alguns, per raons de feina, van anar a viure fora de Barcelona, i d'altres van tenir criatures i ja no podien sortir tant com abans.

Tot i així, ens trobàvem una vegada al mes. En unes hores ens posàvem al dia de les nostres vides, i junts passàvem una estona molt agradable.

Per qüestions d'edat, estudis, feina, enamoraments i altres històries, vaig anar deixant les meves aventures dins el mirall.

Quan es casava o s'aparellava algú de nosaltres, ho celebràvem amb una petita festa íntima. Era una excusa més per trobar-nos i fer xerinola.

Un dia, quan ja ratllava els meus vint-i-vuit anys, vaig comunicar als meus amics que em casava amb la Berta. El Lluís va dir:

–Marc, ens has d'obsequiar amb una bona festa.

–Què vols dir?

–Tu tens avantatge, la teva festa ha de ser sonada.

–Com totes!

–No! Com totes no! Tu tens el mirall.

–I... què hi té a veure el mirall amb el meu casament?

El Lluís tenia raó. Jo ja sabia per on anava, però a mi em feia una mica de mandra tornar a jugar.

La Berta no havia volgut sentir a parlar mai del mirall màgic. La seva aversió per la màgia era tan gran que fins i tot tancava el televisor quan feien algun programa d'alguna cosa que hi pogués tenir relació.

–Dona, no n'hi ha per a tant!

–Tot és trampa, Marc!

–Però té el seu mèrit.

–Si sabés la trampa, fins i tot jo faria màgia!

No hi havia manera de fer-la canviar d'opinió i, per això mateix, era impossible que mai acceptés entrar dins el mirall.

Pensant en el que m'havia dit el Lluís, després de molt rumiar, em vaig dir a mi mateix: «Per què no? Seria un bon obsequi per a tota la colla. I s'ho mereixen: són bons amics. I si em caso amb la Berta, el més probable és que s'acabin les meves aventures amb el mirall.»

Un dia vaig arribar-me al picador del Lluís i li vaig dir:

–Noi, m'has convençut. Farem una festa.

–Entrarem dins del mirall?

–Sí! Per què no?

–Ets fantàstic, Marc! Quina aventura hi viurem?

–Ho hem de pensar bé. De fet, serem prou colla. Jo ja n'he passades moltes d'aventures amb el mirall, i com a comiat no m'agradaria repetir.

–Em deixes triar a mi, Marc?

–Si tries amb seny...

–Tu també vas fer esgrima, oi, Marc?

–Ben cert. Encara guardo l'espasa.

–I jo tinc els cavalls.

–No et passis Lluís, que et conec! Encara recordo aquella vegada que vas entrar al mirall fent d'indi Queequeg, tot ple de calcomanies.

–Podries entrar al mirall fent de D'Artagnan.

–I vosaltres de mosqueters?

–Això mateix!

Era una bona idea. Mai no havia fet de mosqueter i, ben mirat, era una assignatura pendent. El meu comiat de solter, i alhora l'acomiadament del mirall, bé valia una bona aventura.

Preparar-ho ens va ocupar força tardes de dijous.

–On vas? –deia la Berta.

–Estem preparant el comiat.

–El de solter?

–Sí, això, el de solter.

–A nosaltres no ens porta tanta feina.

–Perquè tu sempre has estat més pràctica, Berta. Nosaltres hi posem fantasia.

–Jo he telefonat a un restaurant del Poble Espanyol. Hi anirem a sopar i després ja ho veurem. I vosaltres?

–Nosaltres ja ho veurem des del començament.

–On sopareu?

–En algun hostal que trobem pel camí.

–Camí?

–Farem un petit viatge.

–Marc, no vull que condueixis.

–En pots estar ben segura. Anirem a cavall.

–No m'expliquis res més –va dir la Berta, que ja es començava a ensumar alguna cosa.

Mira que anar al Poble Espanyol a fer el comiat de soltera! Tot i que... de la Berta no es podia esperar altra cosa. L'únic defecte de la Berta és aquest: falta d'imaginació. És clar que les virtuts que jo li trobava, i encara li trobo, compensen amb escreix aquesta mancança.

Amb tota la colla vam quedar un dissabte a la nit. L'avi va dir que encara que fóssim grans, i algun ja pare de família, no ens volia deixar sols.

–De què vindràs, avi?

–Quina aventura heu triat?

–La dels tres mosqueters.

–I vosaltres quin personatge heu agafat?

–Jo D'Artagnan, el Lluís i dos més de mosqueters, i la resta ja s'hi aniran incorporant.

–Bé, doncs jo faré de senyor de Tréville, el capità dels mosqueters, així us tindré una mica controlats.

–Avi, el Lluís té un picador i vol portar els cavalls.

–Els cavalls? Els cavalls dins la botiga? Ni pensar-hi! Ja l'hi pots treure del cap.

–Això li he dit jo.

–Ja en trobarem de cavalls! Que potser ens vam endur el vaixell i la balena quan vam entrar dins l'aventura de *Moby Dick*? Només faltaria!

Vaig convèncer el Lluís que no calia portar els cavalls, que amb les espases ja en tindríem prou, i que la seva experiència amb els equins ens seria de molta utilitat perquè en el seu moment no ens donessin gat per llebre.

Aquell dissabte, tal com havíem quedat, ens vam trobar al punt de les nou a la botiga. Algú

de la colla, que no sabia gaire de què anava la festa, va dir:

–Jo he fet el que em vau dir. Però com que d'espasa no n'he trobat, he comprat això en una botiga de joguines. Servirà, oi?

Havia comprat una espasa de plàstic amb un cinturó vermell.

Tots anàvem amb botes d'aigua. Era la manera que ens assembléssim al màxim al calçat dels mosqueters. El Lluís en portava unes de muntar i el Pere, que era un gran aficionat a la pesca, va venir amb unes botes que li arribaven fins més amunt dels genolls.

L'avi, així que ens va veure amb les botes, va dir:

–Voleu dir que plourà tant?

–Avi, són les botes dels mosqueters!

–Ah! Va, passeu cap a dins i no ens entretinguem.

L'avi ja tenia els barrets preparats. Quan m'allargava el meu i mentre em donava una carta, va dir:

–Endavant D'Artagnan, aquí tens una carta per al senyor de Tréville, no perdis temps i troba'l.

Jo em vaig posar el barret, i, així que vaig picar l'ullet, ja era a la porta de l'hostal.

Al cap d'un moment van arribar l'Athos, el Porthos i l'Aramis, amb els quals vaig citar-me a duel el mateix dia, només amb la diferència d'una hora entre un duel i l'altre.

Els cops d'espasa que donàvem en batre'ns eren molt diferents dels assajos que havíem fet a la sala d'esgrima.

El Lluís, ara el Porthos, deia:

–Això és fantàstic, gascó!

No explicaré aquí totes les aventures que vam passar ficats dins els personatges dels mosqueters perquè, qui més qui menys, sap una mica de què va la història. A la televisió ens han passat moltes vegades la pel·lícula i també quan jo era petit passaven la sèrie de dibuixos animats *D'Artacán y los mosqueperros*, que va recrear les aventures d'aquests personatges, sempre tan disposats a lluitar per una causa noble.

Dins el personatge de D'Artagnan vaig tenir el goig de conèixer les noies més boniques de França. I la prova d'aquella aventura la porta ara la Berta posada al dit mitjà de la mà dreta.

Havia recuperat els ferrets de diamants de la reina. Ella, com a prova del seu agraïment, em va donar aquell anell.

Quan l'endemà, després d'aquella aventura inoblidable, em vaig trobar amb la Berta, i mentre li posava l'anell com a prova del meu amor, ella em va dir:

–On vau anar?

–A França.

–On, de França?

–Amunt i avall... Però, què et sembla l'anell?

–No n'havia vist mai cap d'igual. És fantàstic!

–Ni el veuràs mai, Berta. Et puc jurar, com a gascó que soc, que no hi ha cap altre anell al món igual que aquest.

–Com a què..., dius?

–Com que em dic Marc!

–Que vau beure molt?

–Alguna gerra de bon vi.

–No en vull saber res més, Marc, no en vull saber res més.

I ben fet que feia, perquè si arriba a preguntar massa encara m'hauria tornat l'anell. I això hauria volgut dir moltes coses, que no m'haurien fet cap gràcia.

9

El nou destí del mirall

Tal com havíem quedat amb l'avi Miquel, després d'aquell esmorzar amb xocolata, el dilluns a la tarda estàvem tots dos palplantats davant la porta de la botiga.

Vaig saludar els nous propietaris, que, si hem de ser francs, no em van semblar tan senyorets com deia l'avi. La nova imatge que volien donar a la botiga no incloïa un mirall d'aquelles dimensions. Però estic segur que aquesta idea havia sortit del dissenyador. Era ell qui els havia omplert el cap amb noves propostes. Per tal d'inflar més la factura era capaç de renovar la botiga de cap a peus.

L'avi va arribar amb una motxilla a l'esquena tota plena de barrets. Deia que el millor que podíem fer era anar ben preparats, ja que no sabíem quin destí esperava al nostre mirall.

–Per què et compliques la vida? –li vaig dir–. És molt senzill saber-ne el destí.

–Què vols dir que és molt senzill?

–Ho preguntem a l'home que condueix el camió i llestos.

–És veritat.

L'avi es va acostar al conductor del camió, que moments abans s'havia aturat just davant de la botiga, i li va preguntar:

–On deixareu la càrrega, bon home?

–Als Encants Vells. Que vol que carregui alguna cosa més?

–No, no. Gràcies.

Amb una gorra d'esport en teníem ben bé prou per a la feina que havíem de fer. Però l'avi no va deixar la motxilla en cap moment. Ens vam posar la gorra just quan carregaven el mirall dalt del camió, vam picar l'ullet i ja vam ser a dins.

Van descarregar el mirall en un magatzem prop dels Encants Vells. Jo, mentre els homes del camió descansaven tot fumant un cigarret, vaig aprofitar per treure el cap, però vaig haver de tornar a entrar dins del mirall a cuita-corrents. Hi havia molta gent transitant per aquell magatzem. Era l'hora de plegar i allò era un bullit d'homes carregats amb cadires, taules, llibres, llums i tota mena d'andròmines.

En un moment en què tothom era fora, l'avi i jo vam aprofitar per sortir del mirall, i amb unes escombres que hi havia per allà, ens vam barrejar amb tota aquella gent, tot fent veure que érem els escombriaires de torn.

L'avi volia assegurar el destí del mirall. Deia que només conservava la seva màgia si estava instal·lat en una botiga.

–Doncs per què volies que me l'emportés a casa, si sabies que allí perdria tota la seva màgia.

–Home, d'aquesta manera tot hauria quedat a la família i no estaríem ficats en aquest enrenou. I amb el temps..., qui sap si tu no posaràs una botiga. O la Berta...

–I ara..., què fem?

–No tenim altra sortida que fer guàrdia.

L'avi ho tenia clar. No ens podíem moure de dins el mirall fins que el comprés un botiguer.

–Avi, els Encants tanquen ara mateix i no tornen a obrir fins dimecres al matí.

–Millor. Així tenim prou temps per dissenyar un pla.

–Un pla? No m'emboliquis. Jo treballo cada dia, saps? No faig com tu que estàs jubilat i no tens preocupacions.

–Què dius? Que no tinc preocupacions? I el mirall no és de veritat una preocupació?

Ben cert. Que la màgia del nostre mirall tingués continuïtat era un problema greu i, efectivament, es mereixia un bon pla. Després d'haver passat tantes aventures plegats, no el podíem pas deixar sol a mercè de qualsevol beneit que no en sabés apreciar el valor.

L'avi estava disposat a ser ell qui triés el comprador i no deixar-ho en cap moment a gust del venedor. A aquest, en definitiva, només li interessaven els diners i volia treure's de sobre, com més de pressa millor, un mirall d'aquelles dimensions, que més aviat li era un destorb dins del magatzem. Així que vam fer torns.

Cada dia de mercat, l'avi es posava la motxilla plena de barrets a l'esquena i a primera hora del matí ja era davant la porta del magatzem. Mentre deixaven el mirall a la parada i els homes anaven a buscar més andròmines, l'avi es posava una gorra d'esport, picava l'ullet i es ficava a dins. Llavors anava observant tots els badocs que s'hi acostaven.

El venedor s'asseia en una cadira vella, es posava un barret per guardar-se del sol i llegia qualsevol llibre que agafava de la parada del costat. Ell coneixia molt bé la gent que tenia ganes de comprar o els que eren simples badocs. Algunes vegades fins i tot semblava que li fes mandra aixecar el cul de la cadira per atendre els probables compradors.

–A quant el ven? –va preguntar una senyora molt empolainada, tot assenyalant el mirall.

–Cent cinquanta –va dir ell.

–Aniria bé per al rebedor, però me l'hauria de deixar per noranta.

–Noranta? Què diu? Miri-se'l bé. No té cap defecte. Ni una rascada. Noranta? Ni parlar-ne. Cent vint!

L'avi estava una mica neguitós. Estava segur que, si el venedor començava a baixar una mica tal com havia fet, la dona pujaria de noranta a cent cinc i allò no aniria per bon camí. Es va posar un barret de bruixa, i, mentre la dona s'emmirallava fent-se la coqueta, l'avi va treure el cap.

–L'hauries d'haver vista, Marc –em va dir l'avi quan vaig anar a fer el relleu–. Jo diria que encara corre ara.

Aquella mateixa tarda, mentre jo estava fent guàrdia dins el mirall, va venir un senyor una mica estrany. Era alt i ferm, amb les mans molt gruixudes, els llavis molsuts i el nas una mica vermell. Observava el mirall una vegada i una altra. S'allunyava i s'acostava sense perdre'l de vista. A la fi, de dins una cartera que portava va treure una cinta mètrica i va començar a prendre les mides al mirall.

–Per quant me'l ven? –va preguntar al venedor.

–Cent vuitanta.

El venedor havia apujat una mica més el preu per tal de poder-lo rebaixar si feia falta. Ja tenia vista, ja!

–Està boig? És vell! Més amunt me'n deixen un per noranta.

–Cent cinquanta i seu. Per a on el vol?

–Per a la carnisseria. La botiga és molt petita, i un mirall d'aquesta mida la faria veure més gran. Cent cinc i me l'enduc.

Jo, desesperat en sentir l'ofici d'aquell home, remenava la motxilla per tal de trobar un barret capaç de poder fer fora aquell carnisser greixós. És ben veritat que una carnisseria també és una botiga, però què hi faria el nostre mirall màgic enmig de vedelles, bens, conills, pollastres i tota mena de bestiar? Ni parlar-ne! Aquell tracte no s'havia de tancar. De cap manera!

Vaig posar-me una gorra de cop. Així, aprofitant un moment que el carnisser es mirava al mirall per pentinar-se els pocs cabells que li quedaven a la closca, vaig treure el cap. El pobre home, alt i ferm com era, va tenir un ensurt de mort, i va anar de ben poc que no li agafa un cobriment de cor.

El venedor, que no sabia què havia passat, li va dir:

–L'hi deixo per noranta, tal com m'ha dit. No en parlem més.

L'home només feia que tocar-se el cap pensant que, en comptes de la calba, hi tenia una gorra de cop, i entre esbufec i esbufec va dir:

–Ni regalat! Aquest mirall? Ni amb diners a sobre el voldria. Ja se'l pot quedar!

Ja feia dues setmanes que no li trèiem els ulls de sobre, l'avi al matí i jo a la tarda. I la cosa no semblava que anés per bon camí. Cada dia es complicava més. Molts possibles compradors ja no s'espantaven. El venedor començava a tenir sospites i tenia intenció d'abaixar el preu de sortida.

La Berta ja feia dies que anava darrere meu amb preguntes, i a mi ja se m'havien acabat totes les excuses. Així que vaig parlar amb l'avi.

–Avi, d'aquest dissabte no hem de passar. No hem de ser tan primmirats. I al pas que anem, el venedor ens descobrirà. Hem de canviar de pla.

–Una estratègia?

–Més o menys, però no et pensis que ets a la guerra. És un pla per trobar un comprador que ens interessi.

Aquell dissabte vam planejar una bona estratègia. Mentre l'avi estava dins el mirall, jo passejava pels Encants. Voltava per les parades on hi havia miralls i observava els badocs tot parant l'orella. La intenció era captar nosaltres mateixos el comprador.

Quina sorpresa vaig tenir quan vaig sentir un xicot jove que regatejava en una parada plena de miralls.

–Estic a punt d'obrir una sabateria i m'agraden els miralls grans. Per noranta, em quedo aquest –va dir mentre n'assenyalava un de molt gran.

Ja estaven a punt de tancar el tracte. M'ho havia de jugar tot en aquell moment o passaríem dues setmanes més dins el mirall, i les expectatives d'un bon comprador anaven minvant. Així que em vaig acostar al noi i li vaig dir:

–Esperi! Esperi! Allà n'hi ha un que estic segur que li interessarà! Per a una botiga de sabates..., hi va..., que ni fet a mida!

Ell, com si fos un home de gran experiència, va dir:

–A quant?

–Pel preu no discutiran, i li juro que no se'n penedirà.

El noi estava una mica desconcertat i no sabia cap a on tirar. Jo, sense perdre els nervis, vaig presentar-me amb molta educació.

–Marc, per servir-lo. El mirall de què li parlo ha estat en una botiga de barrets durant molts anys...

El noi no estava per a gaires explicacions.

–Vull un mirall gran...

–Sí! Sí! Vingui. Vingui amb mi, sisplau...

El vaig acompanyar on hi havia el nostre mirall. Només esperava que a l'avi no se li ocorregués sortir en aquell moment per fer unes quantes preguntes a aquell jove. El noi se l'anava mirant, però no s'acabava de convèncer.

–Ja m'agrada, ja... Però..., ben mirat, aquell d'allí tampoc estava gens malament. Per quant me'l ven?

–Cent cinquanta –va dir el venedor.

–Noranta!

–No en parlem més, cent vint i seu!

Jo, que ja no tenia ganes de més regateig ni d'anades i vingudes, vaig treure trenta euros de la butxaca, els vaig donar al venedor i vaig dir:

–Noranta de seus i trenta de meus..., cent vint, i tracte fet.

El venedor i el noi no entenien res, però com que a tots dos els anava bé aquell tracte, no van dir res. El venedor va afegir els cent vint euros a un plec més de diners que portava dins la butxaca lligats amb una goma, i el noi va dir:

–Vaig a buscar la furgoneta.

–L'hi guardo, no pateixi –va dir el venedor.

Jo, veient que l'avi no sortia, em vaig posar una gorra d'esport i vaig entrar dins el mirall.

–Avi, ja podem sortir.

–Ah, no! No sortirem fins que no sapiguem a quina botiga deixa el mirall.

L'avi volia assegurar-ho tot. I s'havia proposat no deixar el mirall fins que estigués ben instal·lat dins la botiga. I a mi, després d'haver passat tantes tardes als Encants, ja no em venia d'una estona més.

El mirall, a hores d'ara, és en una botiga de Barcelona. No us en diré el nom, perquè estic segur que tots vosaltres aniríeu a comprar-hi les sabates, i no està bé que uns tinguin la possibilitat de vendre més que els altres pel sol fet de tenir un mirall màgic.

L'avi ja hi ha anat a comprar-se uns quants parells de sabates. Aquesta tarda ha vingut a veure'm a la sortida de la guarderia dels bessons i m'ha dit:

–Marc, no he trobat què s'ha de fer amb les sabates.

Jo, que no sabia de què em parlava, li he preguntat:

–Què s'ha de fer? De què?

–Per entrar dins el mirall. Avui m'he comprat unes sabates angleses, he picat l'ullet i he donat un cop de taló, però res de res.

–Potser funciona ben diferent.

–No vols comprar unes sabatilles d'hivern per als bessons? T'hi acompanyo!

–Ni parlar-ne! Però no et preocupis, ja ho trobarem.

Mentre tornava cap a casa amb els bessons, m'he dit: «Què es deu haver de fer per entrar dins del mirall amb les sabates?» He mirat de reüll les sabates dels meus fills i m'he dit: «Ja comencen a tenir les punteres gastades, potser sí que té raó l'avi i els aniria bé tenir-ne unes de recanvi.»

Índex

1. La notícia 5

2. Una mica d'història 13

3. Una tarda amb Oliver Twist 25

4. Un dissabte amb Mary Poppins 43

5. Festa d'aniversari amb Blancaneu i els set nans 61

6. Un diumenge amb Moby Dick 77

7. Unes hores amb Huckleberry Finn 95

8. Comiat amb D'Artagnan i els tres mosqueters 115

9. El nou destí del mirall 127

Anna Vila i Badia

Autora

Anna Vila i Badia va néixer a Igualada l'any 1949. Treballa d'infermera en un ambulatori. El primer llibre que va escriure, *Els fills diferents*, és el testimoni de catorze anys al costat de la seva filla Sandra, paralítica cerebral i deficient. A partir d'aquest moment va començar a escriure contes: *Més o menys ben avinguts*, *El núvol lila*... L'any 1993 va guanyar el premi Pere Quart amb *Vacances al Zurich*. Al gener del 2002 va guanyar el premi Apel·les Mestres, conjuntament amb la il·lustradora Teresa Cáceres, amb l'obra *A mi no em veu ningú*.

L'etapa d'elaboració del llibre en què l'Anna Vila s'ho passa més bé és tota l'etapa de preparació. Per escriure els seus llibres busca informació, parla amb gent i fa moltes fotografies.

Aquí s'acaba aquest llibre
escrit, il·lustrat, dissenyat, editat i imprès
per persones que estimen els llibres.
Aquí s'acaba aquest llibre que tu has llegit,
el llibre que ja ets.